当代作家精品/散文卷　　主编 凌翔

沿着花开的声音
去等你

未 君／著

民主与建设出版社
·北京·

图书在版编目（CIP）数据

沿着花开的声音去等你 / 未君著. -- 北京 : 民主
与建设出版社，2021.3

ISBN 978-7-5139-3420-6

Ⅰ．①沿… Ⅱ．①未… Ⅲ．①散文集－中国－当代②
艺术评论－中国－现代－文集 Ⅳ．①I267②J052-53

中国版本图书馆CIP数据核字(2021)第045908号

沿着花开的声音去等你
YAN ZHE HUA KAI DE SHENG YIN QU DENG NI

著　　者	未　君
责任编辑	周佩芳
封面设计	陈　姝
出版发行	民主与建设出版社有限责任公司
电　　话	（010）59417747　59419778
社　　址	北京市海淀区西三环中路 10 号望海楼 E 座 7 层
邮　　编	100142
印　　刷	三河市龙大印装有限公司
版　　次	2021 年 5 月第 1 版
印　　次	2021 年 5 月第 1 次印刷
开　　本	710 毫米 ×1000 毫米　　1/16
印　　张	14
字　　数	200 千字
书　　号	ISBN 978-7-5139-3420-6
定　　价	56.00 元

注：如有印、装质量问题，请与出版社联系。

自序

　　我不是一个纯粹的文学作者，只能算是一名"打酱油"式的爱好者。画画之余，弄些文字做调节，其实，也是蛮好的一件乐事。

　　我也不是一个纯粹的旅者，虽然也去过一些地方，但都是忙完正事，比如受邀外出参加活动，外出写生之余顺便游玩一下，当然也会偶尔携带家人外出疯一下，也都主要是陪孩子。

　　我出生在农村，母亲年轻时做过赤脚医生和村里妇女主任，嫁给当时做铁匠的父亲，所以，父母亲对孩子们的管教会相对严厉一些。自小性格比较偏内向，胆小，怯弱，以致邻居家一条小狗跑过来，都可以把我吓得半死。我自小便喜欢画画，为了使自己强大，读初中时又开始爱上武术。这些爱好都坚持了一些年，只有画画，就一直没停过，直到进入正规地美术小组学习素描、色彩。比如武术，当时就订阅了有关少林、武术、气功方面的杂志书刊，无师自通瞎练了几年。比如后来爱上诗歌写作，并一度为诗疯狂，笔友甚至遍及全国各地。懵懵懂懂中在父母身边度过童年和少年，直到20岁时离开家乡。

　　农村的环境和从小生活的艰辛使我成为一个早熟的孩子，从小就一直梦想着要去远方，要去流浪，要去走天涯。后来在外求学、工作、再求学、再工作，以及娶妻生子，成家立业，南来北往，冥冥之中的安排，凭着一股韧劲和热血，我实现了"诗与远方"的理想，在北京定居下来，成为一名职业画家。

　　总感觉现在聊诗歌或者聊文学对于我而言，感觉有点奢侈，感觉离"文学"很遥远。尽管记忆中也曾为诗歌疯狂，那个年代还引发过一群少男少女的痴迷和骚动。记得　在湖南一家大型民间诗报发表一组诗后，便被诗友们誉为湖南诗坛"三君"之称号。由于工作的原因，好像2000年之后便不再涉足诗坛。十多年之后的2014年5月，我在天津举办画展，经纪人张先生邀请了《天津诗人》期刊总编罗广才先生来主持开幕，并给我介绍，他是一位诗人。我当时听了一惊，觉得好新鲜啊，这年代还有诗人吗？后来和广才兄聊上了，才觉得自己真的很无知，原来诗坛一直激流涌动，其实是非常热闹的。广才兄告知我，写诗的·定比画画的人多，他真诚地对我说，要把我拉回诗坛。我说，拉回诗坛的可能性已经不大了，只能偶尔为之，随性而发了。

　　但在多年的艺术实践中，我却深切感受到，文学创作对于我今天的艺术创作有着非同一般的意义。我身上有关文学上的一点修为，其实都得益于那些年读过的一些文学著作和写过的一些文字。这种自觉的文学意识好像与生俱来，它会不知不觉带入到你的艺术创作当中，让读者感受到作品之外那种扑面而来的内在气息。所以，我期望我的每一幅作品如诗歌般的浪漫，如散文般的抒情，如小说般的涤荡起伏。换句话说，即以文学的情怀进行艺术创作，以绘画的手段予以生命最美好的人文关怀。我想，精神的气质，思想的抒发，其实都是人与生活的真实写照。而这种充满激情和想象的无限蔓延，在一定程度上洋溢出跨越文化本身的魅力，它也是我一直心生向往和追求的。无论为诗，无论为画，一轮明月岂可远照他乡，我想，拥有一颗诗心，便能生出妙境，亦可不落于凡尘。

　　我并非什么大才，因为出身，因为一个男人的责任和担当，因为一个艺术家的文化自信和使命，从不敢懈怠自己。我经常告诫自己，只有努力向上地学习和工作，才有可能达到理想的彼岸。现在，我觉得在忙里偷闲中，如能换上另一支笔投入案头也是一件无比快乐的事情，因为它记录了一个艺术家背后的点点滴滴。虽然文字或许还不成熟，或许还有这样或那样的问题，但它已然是我最为真实的心声。画家，不仅是美的创造者，更是一个时代的记录者与引导者。优秀的美术作品和文学作品一样，不但应该充满着向上的正能量，更应当见证历史，记录时代，记录生活。生逢这样一个朝气蓬勃的新时期，我有信心创作出更多体现时代精神的作品。所以，我将继续梦想着，在我的字里行间，在我笔下的宣纸上，我期望有一天能抒写出另一个场景，那就是："愿我有生之年，看你君临天下。"

　　一本书，就像开出的一朵花，只有在你慢慢走近它的时候，才能嗅到它不一样的馨香。我不是行者，但我一直在路上，我愿沿着花开的声音，去等你，并与你分享一段阅读的美好时光与从容的快乐。

　　是为序。

2020年11月24日于京东郊

艺术是关于情感的，文学作品也是

画山画水，画花画鸟，画下的都是自己

写诗作文，抒写的亦是作者的

另一种生活态度

与对这个世界的满满情怀

——未君

目录 contents

腾空而起

2018年6月，为恩师林凡先生庆祝九十生日大寿时，在先生院子里平生第一次剃了个光头，开车从太原返回北京，途中与几位朋友经过某处山地小憩时，一不小心展露了一下身手，体验了一把"腾空而起"的快感。

第一辑 花香四季

我在十八渡，逆行而上

迎着风雨，也迎着阳光

迎着伸手不见脸庞的云雾

用一支毛笔

挑拨你睡梦中的十八根神经

今夜，我依然用醉酒挑逗你

山沟里遗落的相思

只有一个人，懂你准备飞翔的心事

——摘自《邂逅十八渡》

紫藤传说

　　或许是在梦里，一簇簇紫色的花倚藤而长，倚廊而开，开在那一眼望不到尽头的走廊。妖娆的身姿，婉转柔媚的花色，是那般情意绵绵地诱惑我。我应该在这如诗的花季守候一份摇曳的温柔，还是望断那一树春花秋月？

　　孤独的誓言或许会永远地潜伏在这老藤树下，我想要化作一位诗仙，沿着那长长的走廊飘然而去了，任凭身后的花和叶满怀无限思念和深情地从我身上轻抚而过。我手捧朵朵落花和一缕残香，早已投入一片山谷之中，只是不知这世间的紫藤花开几许，只是不知我的飘去终究为了谁？花的时光里，我这般千百次纵横，能否惊起一片尘埃？

　　或许这不是梦，来京之初，在我入住的那个台湖国画院后面的庭院里，几株藤树每年都会在这里花香弥漫，花开花谢——走过，路过，在不经意间，当你推开那扇沉重的朱红色大门时，一簇簇白里带紫色的花便高高矗立在眼前了。花开得很紧密，仿佛一团团紫色的云霞，高贵而典雅，惊艳而缠绵，沉静而奢华。碧绿色的叶子和粗细不一的枝藤穿插于花的中间，互相衬托，互相依赖。这缓缓游弋的花影，这生死相许的爱念，这让你梦魂牵绕的精灵，你会不忍心再去触碰她，一不小心，便碎了一地韶华，留下自然忧伤的心跳。

　　记得第一次看见紫藤花，是我到天津美院去学习的第一个春天，途经某个小区，我无意中发现小区长廊里有好些紫藤树，树上开满了耀眼的花朵，我第一次在心里喊道："好漂亮的紫藤！"在阳光的照耀下，紫藤花显得格外白，格外紫，一簇簇沉甸甸的花朵密密匝匝吊将下来，一片明丽的紫色，热情奔放而又含蓄内敛，那淡然的美丽和如雪般的气质，让我久久停留在那里不愿意离去。我想，大概从那时起，便爱上这紫藤花了，也开始把这美丽的花画进我的宣纸，从此一发不可收，成为我这些年艺术作品中不可或缺的一个标志性题材。

紫藤，别名藤萝、朱藤、黄环，属豆科，一种落叶攀缘缠绕性藤本植物。它勾连盘曲，攀栏缠架，春季开花，青紫色蝶形花冠，花紫色或深紫色。初夏时紫穗悬垂，花繁而香。盛暑时则浓叶满架，荚果累累，干皮呈深灰色。画紫藤花久了，还会有一些惊奇的发现：你会发现每一朵紫藤花就像一只孔雀，后面是一片小小的花瓣，这花瓣有一点淡紫色，就像孔雀多彩的尾翼，由内而外呈现出不同程度的紫色，前面是一个小小的花苞，就像是孔雀的身体。一阵风吹来，一串串珠帘一般的紫藤花，就会像风铃一般左右摆动。我仿佛看见无数只精致的孔雀正想跃跃欲试地朝你飞来。她们婀娜多采的舞姿，偶尔亲昵的互动，会让你孤独的心事刹那间开阔起来。眼前这似水的柔情，会让你忘了曾经那花香彻骨的伤感。于是，我借一方颜色，写你一如垂蔓的背影，写你喧嚣中的沉静，之后与你对坐对饮，岁月浮华里竟隐隐以为知己，感谢世间有你啊！

慈恩春色今朝尽，尽日裴回倚寺门。

惆怅春归留不得，紫藤花下渐黄昏。

这是唐代诗人白居易的《三月三十日题慈恩寺》，诗人思春，寻春，但此时春已至尽，诗人只有徘徊在寺庙门外，满心怅然，天色接近黄昏仍不愿回去，这种情感的深刻与强烈可见一斑。"紫藤挂云木，花蔓宜阳春。密叶隐歌鸟，香风留美人。"李白则生动地刻画出了紫藤优美的姿态和迷人的风采……唐宋诗词对于紫藤花托物言志的佳句不胜枚举，这美和艳丽，在诗人的笔下亦如"浮华落尽，醉了春光"，而徐渭、八大、石涛、吴昌硕、齐白石、任颐，也都曾在宣纸上一吐千古性情，把各自的品格写进那古树老藤，将千年悠悠岁月以鬼斧神工之势糅进这紫色花间，真是醉了这一帘春梦。

夜幕降临，我的思绪从台湖国画院那扇朱红色大门里慢慢收回。而此时春紫已谢，偌大的院子已看不见赏花之客，更不见写生画花之人，只有大片的绿叶堆砌在纵横交错的藤杆上，迎风摇曳。

我画紫藤，迄今算起来已有十多年了，我总是不厌其烦，情有独钟地把紫藤花无数次放进我的作品里，无数次在紫藤花架下构思我的春秋岁月。我更是无数次把自己藏于紫藤树下，藏于紫藤花中，我时常因此忘了我自己，我以为自己就是其中一朵，我以为我就是花架下那一只看似悠闲的雀，我以为在花的芬芳中，花不待月，月自来。走近一花便可见一世界，亲近一叶便可知一菩提；佛说，每一次遇见，便是千年的缘。我画藤花，满纸皆色，色中藏墨，皆因与花有缘。我描绘的不仅仅是一朵花的开放，我想对你倾诉的，是一种对自然的启示和深刻体验，更是一种对生命状态的抒写。花为媒，天地为证，当我的纸上再度绽放一朵朵藤花时，那或许，是你的歌唱，也或许，是我的低吟……紫藤或许只是传说，但它将永远开在我的世界里。

如果，许你一座四季花园

　　庚子年春节这场突如其来的疫情，使许多常常在外奔波的人突然放慢了那匆匆的脚步，居家隔离，默默地守护着家人。从焦虑、恐慌，到感动、期盼、解封，以至最后春暖花开……我也一样，因这场疫情，我感觉整个世界都变了。这也更加让我静下心来，思考着一些未曾思考过的事，读着一些以前没怎么翻动过的书，画了一组又一组的画。而当我整理这部文字合集的时候，好像还没缓过神来，望着窗外静静的天空，春天就这样悄悄地过去了。

　　世界在变，但春天的花儿未曾丁点改变。它们照常开着，那暖暖的春意，那层层叠叠的树丛，那微雨弥漫的水汽，在不远的地方，如潮水般正向我扑过来，我尽情地享受着这份不一样的幻觉。但某些场景确实有点像放电影一样，快速地从思绪中穿越而去。那留存在记忆深处的，除了花，还是花，让我不禁流连忘返并时刻地吸引着我，它们四季都有开有落，完全秉承自然法则。也完全不懂这场疫情，给人们带来的灾难。

　　我记得去过许多地方，见识过许多花圃，也认识了许多不知名的花和植物。但也都只能观赏一番，或者拿出手机，拍几张照片，以此证明，我来过，见过此花此景，但过后，就都不经意间遗忘了那些花的名字和形状，甚至许多花的颜色也都想不起来。这让我十分懊恼，所以只能打开电脑去寻找当时所拍的照片，再见此花时，已是让我十分的欣喜和激动。我想，如果是你，你会记得那些花的名字吗？如果，我许你一座四季花园，你会藏匿花间吗？你会因这些尘世间的花花草草找到心跳的感觉吗？

恍然如梦的日子，我如一片叶子，在属于自己的天地里，悄悄融入一片花丛中。面对着繁花怒放的园子，我拿起宣纸和笔，很是激情地展露了一番。我时而全神贯注地细细描绘刻画，时而热情奔放如行云流水般洒脱。我没有过多的遐想，但也没有受到任何的限制，这种宁静和平淡，这种真实的记录，正是我所需要的一种生活状态。而当我回过头来，窥视一幅幅作品时，心中的石头终于落地了。我揣摩着，开始很诗意地寻找一个理由灌注于画面，做最后的调整和修饰，并像"书家"一样签署自己的名字。

我无比敬畏大自然，无比敬畏那些给予我另一种生命的花花草草。这些构造严谨、颜色温润、瑰丽无比的自然产物，每一次遇见，每一次刺激我的感官与嗅觉，我都会身不由己地要多看几眼，要多纠结一番，要多感慨一番。有人说，皮囊再美，也无法容下全部的灵魂，肉身再精致，也抵不过岁月蹉跎。而如果，有一座花园，花园里的花四季开放，有绿植长青，那是怎样的一种令人怦然心动又梦寐以求。我想，一定有这样一个花园，它能安放你的幸福，能安放你所有的心事，能安放你所有的欢乐时光，也能安放你全部的灵魂，或许，这是一种奢望，却令我们一生遥想。

理想中的花园不要太大，有花有草有绿植，能自己种植一小片蔬菜和粮食。还有溪水可以养几条小鱼。有书架，可以随时翻看想看的书。有文案画桌，有文房四宝伺候，可以随时挥洒泼墨，抒怀言志。还有茶桌杯盏，当忙碌一天，远离喧闹，终于可以优雅地坐下来，在忘我的品茗中，尽洗风尘之俗。无数次，我的脑海中，出现过此番此景，而在自我陶醉之时，刚好有人掀帘进来，一脸惬意，像捡了宝物般流露出几分窃喜。其实，你只是听到一片花开的声音，你只是这座花园的一位过客。但你是一位知音，知我画中韵律；你也是一位藏家，能读懂我画的全部；你是一位诗人，一位熟悉而又互相敬重的人。你曾收藏那风雨之后的一切风轻云暖，你曾读懂这里繁华似锦的园子，你是我花园中那位可遇而不可求的翩翩侠士。

　　如果，我许你一座四季花园，花园里有我，有我画过的每一幅画，你坐在花园里，随时观看我每一个作画的细节，随时读我画中每一处笔墨、色彩，以及它们所要表达的一番含义。如果，每个人都有一座精神花园，如果，你读到这些平淡的文字和画外之音，那是不需要任何奢求的。"触目横斜千万朵，赏心只有两三枝"，四季风韵近在咫尺间，你触手可摸，抬眼可辨明媚的花朵。那份淡然的芬芳与遇见，理解与一见倾心，不管你是不是短暂的拥有，还是真的收藏，一幅画或者一座花园，均是你要幸福一辈子的缘由。

2020年5月

窗外十里，该是春暖花开

　　庚子元月之初，我独自一人由北往南，回到故土长沙。或许多年工作及性格所致，每每远行，我总是按计划行事。火车到长沙南站，朋友开车到车站接我并予以热情接待，几天之后，先是与朋友基本敲定在春暖花开之际，将在长沙举办我的第二次画展的有关事宜，并在开幕之时以接纳三名画家欲成为我"未氏"门下入室弟子。喜事连连之余，受邀参加省委统战部新阶联迎新春茶会，与众领导，各行业同人朋友欢聚喜迎新春。

　　北京的冬天温度虽低，属于干冷气候，其实不太冷的。一回到长沙，便感觉寒意阵阵，一种久违的湿冷涌遍全身。一个下午，朋友驾车送我回老家益阳，我再次与益阳文艺界朋友及同学相聚。我总感觉自己是一个与时间赛跑的人，每次出差的时间，都要把每天的行程安排得满满的。在益阳，不容我过多的逗留，二次短暂的聚会，互道珍重，便匆匆回乡下看望父母，喝了一杯母亲泡的姜盐芝麻茶，来不及叙述更多，待了大约半小时，为了赶下午6点的火车回京，我不得不与朋友又马不停蹄返回长沙。

　　回老家数日，一切安好顺利，当回到北京没几天，微信中便零星地出现新冠病毒疫情的消息。一开始，我还真不以为然，待接近年关之时，微信里有关新冠病毒，人传人的各种消息几乎铺天盖地滚滚而来，这时，我方知，一场没有硝烟且十分可怕的战争即将打响，我的心咯噔了一下。新年年年过，但这个新年，过得很是特殊了点。

春节说来就来。而"新冠""口罩""隔离"以此种种，也似乎来得太突然。接下来的日子，我们更多的时间是在捧着手机刷屏，关注武汉疫情，关注其他省市疫情。许多志愿者匆匆奔赴武汉，各种物资纷纷支援武汉。举世瞩目的一场灾难似乎时刻都在危害人们的身体健康。严峻的疫情，也同时阻挡了万千归家的脚步，所有的城市一夜之间因这场疫情，暗淡了繁华，暗淡了春光。这场疫情不仅是武汉的责任，也是全国人民的责任。疫情防控攻坚阶段，国家举全国之力支援武汉，乃至许多国家，国际组织和国内民间组织都及时伸出援手，打响了一场共克时难的战役。可谓患难见真情，疫情炼初心，每见此电视画面，无不感动一番。

我在画室挥洒笔墨之际，时时遥望窗外，窗外其实除了高楼，什么也看不见。甚至看不见蓝天，看不见繁华的街道。我便遥想，高楼之外是什么？青春的脚步已离我远去，岁月的印痕早已刻进心田。窗外十里，或许该是春暖花开了。那里一定有十里长亭，那里一定有桃红柳绿，欢歌笑语，那里一定有婀娜的舞姿，不老的韶华。

我在想，有没有可能，人人都可以成为艺术家。只要你有足够的耐力和洞察力，只要你有对大自然一草一木的爱心，只要你有对所有自然生命的怜悯与敬畏之心。法国19世纪著名浪漫主义诗人雨果说："大自然是善良的慈母，同时也是冷酷的屠夫。"当前，由于生境丧失和破碎化，资源过度开发利用，环境污染，自然灾害频发，入侵物种竞争及全球气候变化等因素，所有的动植物多样性受到了日益严重的威胁，这些无时不给我们敲响警钟。"维护全球生命共同体"，是地球人共同的担当。那些无端蚕食野味，恣意破坏生态平衡的人们，从此之后你们不能太任性。

好在国有担当，全民战役中，万众一心，涌现出无数英雄。那些奋战在一线的白衣天使，那些穿梭在死神边缘的军人、警察、社区安保，以及千万志愿者和社区基层工作者，他们均是这场战役的逆行者，他们是真正的英雄。也是因为大家无私地付出，没日没夜轮岗执勤，才使得这场梦魇般的疫情得以逐渐控制。诗人用文字记录时代，画家用画笔记录时代。我们的使命和担当就是用笔墨歌颂英雄，用画笔讴歌民族脊梁。如若安好，便是晴天，成为我们宅在家中默默无言最好的祝福。

有人说，情深总是欲语还休，挚爱总是欲罢不能。其实，我所看到的，虽是方寸之纸，虽是巴掌大的窗外，却任凭我在画纸上随意画出一线春光。天地虽寒，深情仍有所依托，挚爱总是在毛笔的挥洒中不动声色。画画不仅以修心感悟，赏艺不仅以陶怡情操，还因了这荡漾的心扉，在十里长亭外，暖风吹过，有紫藤花开，美美的，润物细无声。

2020年5月

武汉加油

芙蓉国里尽朝晖

　　第一次遇见这精美绝伦的芙蓉花，是在十多年前的一次云南西双版纳植物园写生采风之旅。第一次去的人较多，对所有的花卉植物都很新鲜，算是走马观花地看，没怎么动笔画。前年带学生去西双版纳植物园写生，也是在画完其他花卉之后，快结束之时，才匆忙去画了两张，记得当时还没太引起我的重视。这些花全是吊着的，也称为吊芙蓉，与我们平日里看到的木芙蓉完全不一样，开始看着有点不习惯，也许由于这点不习惯，也许西双版纳植物园里的花卉植物太多了，当时也没好好去画它。

　　今年二月，我再次带领学生团队走进华南植物园写生，我记得我们画完兰花之后，就去画非洲芙蓉了。虽然之前已经踩好点了，但当我们再次把沉重的画具放下后，还是发出一片惊叹赞美之声，实在是很美。尽管此时，天空也不作美，偶尔下点零星小雨，许多的花已经枯萎败落了，像害羞的姑娘，个个都把头低下去，很难为情的样子，对于我们而言，确实楚楚可怜的喜爱。其实，只要有一部分芙蓉花还在开着，我们就很高兴，很知足了。

　　大家一直感觉看不够，拍了许多照片，围着那片非洲芙蓉花围绕了不知多少圈。大家如一个个少年，心花怒放式的，与那阔大的叶子，与那胭脂色花瓣，我看几乎都要融为一体了。我也似乎沉浸在一片春色里，看那最后一片花瓣偷偷掉入地上的草丛中，像秋风落叶，那样洒脱，虽是无情地败落下去，却是找到了心仪已久的归属。或许，在文人的情怀里，这花，这景，更像是涂了一层伤痕的旧梦，无声无息地来，也无声无息地去。这场景，只有在芙蓉园圃里才有，这场景，只有在我们的画纸上才有。还没动笔，我的脑海里，已经浮现了许多关于吊芙蓉的构图和"春携花来"的诗篇。

我一直认为，写生，就是写意，写胸中臆气，触此景此情，这是写生的一种境界。如果对自然，对眼前的物象没有一种怜爱，没有一种情怀，没有一种敬畏，是画不好写生的。

写生不是画照片，更不是画标本，而是要有感而发，根据你的主观感受，找到最美的点，找到最好的结构与辩证关系，才能将眼前的种种物象很巧妙地迁入你的画纸上。东晋顾恺之的所谓"迁想妙得"即是此意。古人这一"观照自然"，在"迁想"与"妙得"的完美结合下，成为中国绘画艺术一个重要的美学原则与审美标准，一直沿用至今。

非洲芙蓉属梧桐科，高可达15米，树冠圆形，枝叶密集，树枝呈棕色，叶面质感粗糙，叶缘有锯齿，掌状脉，花从叶腋间伸出，伞形花序，一般冬季开花。我们对非洲芙蓉要有一个大致的了解，才能更有利地帮助我们快速进入写生状态，并为如何准确地画好非洲芙蓉打下一个坚实的基础。面对这么多花和叶，怎样下手？成为我们写生首要的一个难点。我曾多次对学生说，写生即写"意"之美，在似与不似的万般揣度之中求得一线生机。

有了诗情，找到物象之中的乱象，并有了反复揣测的前提，我们便可大胆下笔，如何在一波三折，轻重缓急，峰回路转中杀出自己的个性。艺术之成功，不可一蹴而就，只有日积月累地坚持，才能厚积薄发，达到理想的彼岸。

峻岭千山，流水为琴，云雾无踪，但知音可觅。画外人终是不知，此花无影，借一处沧海桑田，无意中可大浪淘沙。游刃之余，浑然不知画外即是一片桃源。

突然想起毛泽东主席的《七律·答友人》：

九嶷山上白云飞，帝子乘风下翠微。
斑竹一枝千滴泪，红霞万朵百重衣。
洞庭波涌连天雪，长岛人歌动地诗。
我欲因之梦寥廓，芙蓉国里尽朝晖。

那绚丽飘逸的语言，那情景交融、自然婉转的景色，那家乡久违的清辉，似乎从不远的地方照耀过来。

春色如许，自有藩篱

第二次到台湖国画院院内写生，那是五月间，阳光明媚，有风吹过，紫藤花啪啪地落入身旁的草地上，我们稍许来得晚了些。看着满地的残花，这让我顿生怜爱，为什么就这样败去了？

这次写生，没有做太多的计划，在工作室给学生上课时，一时兴起，说写生去吧。我们一行人就匆匆走出画室，驱车来到十里之外的台湖镇。久违的台湖国画院，是我较为熟悉的地方，是我来北京之后的第一站。记得刚来北京的第二年，经朋友介绍，我便进入台湖国画院创作。短短一年的时间，日子过得很快乐，充满了激情，画了许多画，出版了画集，举办了个人画展，算得上小有成绩，更主要的是结交了许多画院的朋友。后来，因受时任中国工笔画学会会长林凡先生（于2012年拜先生为师）之邀，搬迁至北京昌平碧水庄园林凡先生寓所旁居住，便离开了台湖国画院。

风好像有些大，那脆弱的藤花纷纷扬扬飘落而下，像雨点一样打在我们的身上。我们没有更多的时间去理会它们，因为再不赶时间写生，花朵就全没了。

我一直认为，写生实际上是带有明显的创作意识的，是画家情感最真挚而自然的流露，更是一次心灵的跋涉之旅。写生最大的忌讳是不能照搬自然，看一眼画一笔，一定是境由心生，画出当时的心境，呈现出生命的一种精神和理想状态。写生最要紧的是"以形取神"，力求用最简练的笔墨表现最丰富的意象与意境。在面对复杂的物象时，要分清主次和虚实，要有强烈的取舍、夸张、概括和扬长避短的心态，画看到的，也要画出看不到的，这才是我们真正要去写生的价值所在。

喜爱画紫藤已是多年，不仅仅是一个"美"字可以诠释的，但我也似乎找不出更多的理由。有时真的感觉可以与它对话，立于紫藤花下，看那耀眼的花从夜色里涌现出来，像满天的群星，此时，画与不画，看着它盛开的样子，都是一件很开心的事情。

只有亲临或者去真正地感悟，才知生命的冷暖；只有真正的读懂它，才能曲径通幽，咫尺之内处处可见知音。每一个逝去的日子不会再来，每一朵败落的花朵终将消失于无影，但好在我们手中有笔，可以记录这些美好，可以让我们更多的寄托与期待。

晨起，突然瞟见花架上花瓶里一枝已经枯萎的花，便想起画纸上还没画完的一幅画。瓶花其实早已没了芳香，已经枯萎，也了无生气，但它一直就摆放在那里，成为一处物件。而透过干瘪的花去看本质，它也同样经历春色如许的季节，它也曾经美丽过。而我只是感叹这纸上的花，虽开得让人怜爱，繁花竞簇，似有芳香扑鼻，却无法体验春秋，无法经历风雨。一切生物可谓皆定数，藩篱之处，山水之外，花语之间，意境已是浑然，于此，权当皆大欢喜。

2018年4月20日

绵绵知音之红耳鹎鸟

深圳好友赵先生赴长沙，参加我一个小型画展开幕，其间，给我讲述了一个令人高兴的故事。

赵先生的朋友张先生是深圳一位藏家，自从将我的这幅《风轻云暖》收藏并悬挂于自家大厅中堂始，便发现有两只和画中同样的红耳鹎鸟常常飞旋于房前。没过多久，两只红耳鹎便开始在厅前一侧的盆栽树中筑巢，筑巢之处为树中央，稍不注意，还真发现不了。但细心的张先生还是发现了树中的秘密，后来巢穴中不知何时又多了三只鸟蛋。张先生甚感神奇，情不自禁，顿生喜悦，并偷偷地用手机拍下了这神奇的一幕。

张先生发现飞翔盘旋的红耳鹎，发现鸟巢，继而发现鸟蛋，一天清晨，便迫不及待地打电话给还在睡梦中的赵先生。说，未君老师的画太神奇了，第一次遇见这等神奇的事情。赵先生连忙说："不仅是未君老师的画很神奇，可见他的画还有百川之音，寓意非凡，而您是一个信佛之人，自有宽广的胸襟，慈善的情怀。神灵庇佑，多子多福，这是多好的事。"

当赵先生告诉我关于红耳鹎鸟的故事的时候，我好像立即想到庄子的《逍遥游》："北冥有鱼，其名为鲲。鲲之大，不知其几千里也；化而为鸟，其名为鹏。鹏之背，不知其几千里也；怒而飞，其翼若垂天之云……"

我在想北海里那条名字叫鲲的鱼，后来变化成为鸟，它的名字就叫作鹏，鹏的脊背，据说有几千里长，当它振动翅膀奋起直飞的时候，翅膀就好像挂在天边的云彩。而我画中的红耳鹎，很小，加上尾翼最长仅达21厘米。红耳鹎之前没有神话，不像北海里的鲲，长达几千里，也不可能变化成鹏。但红耳鹎现在却成了穿越北京与深圳的一段神话，它的出现，可以透过一段真实的现代佳话，吸引更多的红耳鹎飞翔于福瑞之地，可以在经济改革开放最前沿的鹏城，可居可游，亦可缘定三生。

说起深圳鹏城，其实与我有一段不为人知的渊源。二十多年前，我人生第一次远行就选择了深圳。那时叫"南下"，乘改革开放的尾声，我离开家乡的县文联杂志编辑部，一个人远赴深圳，在那个陌生的城市，经历了我人生最艰难的时光。经历过多次炒老板"鱿鱼"，也被老板炒"鱿鱼"的困苦，经历过身无分文时被士多店老板施舍饭菜，经历过夜宿某公司大门旁被警察驱赶，经历过被台湾老板好心栽培，我却不顾对方挽留一走了之的内疚。经历过从普通车间员工、美工、业务员、设计师，到首席编辑记者、人事经理助理、董事长助理等职务的蜕变。之后，我变得越来越自信，越来越坚强。回想深圳的点点滴滴，我是真的应该感谢深圳，感谢那段最青春的年华里百折不挠的我。是深圳，成为我人生的第一个转折点。我想，人世的艰难，最后都将会付之于渔者的一歌一笑吧。因为现在，我要感谢张先生收藏我的作品，是张先生让我知道，我的作品中有一种力量，可贯穿南北，有一种正能量，可以呼唤鸟儿。

关于深圳，说来也巧，后来得知，那时，我的恩师林凡先生也客居于深圳，虽在一个城市却无法相见相识。后来我离开深圳到东莞，记得一天在快要下班的时候，我接到林凡先生第一次给我打来电话，作为老乡的先生邀请我去深圳玩。因各种原因，没能去深圳见先生，一直很遗憾，直到多年后我以自由画家的身份出现在深圳，直到十年后的2007年夏天，我从广州赴北京，在北京昌平区的碧水山庄先生的寓所第一次见到了先生。

我想，美丽的紫藤花不仅成就了一位画家，更是成就了一对叫红耳鹎的鸟，成就了一段千里之外的佛缘。我没弄明白，为什么我会喜欢画红耳鹎鸟，为什么筑巢的偏偏是两只红耳鹎，为什么房子外飞翔的红耳鹎会读懂画中那如胶似漆的同类？真可谓"十里平湖霜满天，寸寸青丝愁华年，对月形单望相护，只羡鸳鸯不羡仙。" 我为此祝福深圳的藏家张先生。

从长沙回北京，赵先生希望我能分享记录这段喜悦。于是，我匆匆记下这段关于红耳鹎的故事，红耳鹎鸟是否真的神奇，交给时光去验证吧。我相信冥冥之中，一切皆有缘，一切皆有因有果，一切美丽的遇见，都将是美好的。有的美好存在心底里，有的美好倾注于笔端，画家的美好是用作品说话的，它有时藏在书里，任凭时光在书中，静静流荡，如天籁之音，喜悦自来，如紫藤花开。

2020年6月5日

入禾雀花深处

进入大自然后，很多时候，才知自己有时候很无知，从事花鸟创作近二十年，以前从未听说过这种花的名字——禾雀花，也叫白花油麻藤，属蝶形花科黎豆，畏严寒，常绿大型木质藤本。其蔓茎粗壮，枝繁叶茂，茎长可达数十米，生命力顽强，可盘树缠绕，可越冠飞枝，可攀石穿越。花分深紫、黄白两种，吊挂成串，每串二三十朵，串串下垂，酷似无数白中带翠、如玉温润的小鸟栖息在枝头，煞是好看，而唯花之气味较难闻，种子有毒，不宜食用。

记得那天好像有雨，天阴沉沉的，我们都在路边一字排开画棕榈，四川学员李国莲跑过来对我说，老师，明天画禾雀花吧。我一边认真地对棕榈写生，一边含糊地应允着，我说，好。其实，我感觉对禾雀花没什么兴趣。因为第一天踩点时，我们坐上植物园的电瓶车，快经过姜园时，我们远远地看到桥边上一排深紫色的花，花头很大，叶子好像很少，紫色的花头偏黑，好像被虫子吃过，藤条粗大，样子很奇怪，当时并没引起我的好感。

后来有一天，我们在路边画阔叶蒲涛，傍晚时分，大家收工返回，我趁着天色尚早，提前到各地去踩点，看能不能发现一些可以写生的地方。当我"误打误撞"地进入一片小园子时，被眼前一片紫色的花吸引，我一看，吊挂着紫色和白色两种花，这不是李国莲所说的禾雀花吗？我仔细端详，里里外外地绕着圈看。稍不留神便能发现，这禾雀花很像紫藤花，又有点像绿玉藤花，藤蔓枝茎非常漂亮，叶子比紫藤花叶子大很多。我心里有数了，虽然这花的气味不好闻，但明天决定画禾雀花。当我们第二天在禾雀花圃放下画具的时候，才想到很想画禾雀花的学员李国莲因单位有事，已提前返回四川去了，她没有看到我现场写生禾雀花，终归留下一个小遗憾。

此时春天虽未到，但看这花，已经早早进入春天的角色，所有的花朵开得有些狂野迷离，如果刚好有一轮明月笼罩在这花朵之上，那该是如梦如幻，浪漫诗人的境地了。天下繁花凄草太多，能记得住名字的，真的为数不多。它们遗落在各自的角落，如生命，有的暗自飘零，有的逢缘则妖娆。无论何种美丽的开花，终究会缘尽则灭，散落泥土之中，化作他人脚下一片静好。

借得这一方垂吊的繁花，我仿佛也被染上了一身紫色，入花深处，心如磐石，身外幽香渐远，而画中的万物如清秋的风云，瘦弱的牵挂里，一纸笔墨竟也挥不动缕缕乡愁。这蜿蜒盘旋的枝干以及串串垂吊的容姿，被游客念成了一首诗，被画家画成了一幅画，统统融入他乡之春华秋实里，有多少欢乐就有多少缠绵。

我久久坐在禾雀花下，感觉被一团团紫色的或黄白色的花围困着。我无法逃逸，任凭那紫色的气味弥漫过我的头顶，任凭那飞翔的虫子时不时晃动我的双眼，并无可奈何地任凭它们刺进我的肌肤。我忍住骚扰，选择了在线条与线条之间，我用毛笔架起层层叠叠的生命轨迹，架起通往启迪心灵的艺术路桥。那份优雅，那份叠翠，那份灵魂的呼吸，那落霞之后，谁能与我分享这"归去来兮"的欢乐与对这片土地的依恋。

"笔底明珠无处卖，闲抛闲掷野藤中"，似乎徐青藤还在，那渐行渐远的背影还在，那寒凉而柔韧的藤条，那真实而高尚的品格，会一直响彻我的心扉吗？这已经释然的花儿，不再忧心的老藤，还有这四季长绿的千千竹叶，愿它们简单而又热闹地永远开在这片春光里。

红尘最爱，生命如兰

第一次到广州华南植物园写生，原以为广州的天永远是暖洋洋的，却不料，第一天出行写生，老天便毫不客气地下起雨来，我心里甚至在想，这是欢迎我们第一站必到兰园吗？兰园不算大，有玻璃棚，刚好可以避雨，还可以继续写生，这也算是植物园在下雨天难得的一块可以供我们写生的地方了。

兰园不算大，以养兰花为主，各种兰花竞相开放，走近兰花，可闻淡淡兰香。游人不多，三三两两从我们身边经过，他们时常发出阵阵惊叹的声音：好美的兰花。是的，兰园虽美，人们只在乎它的姿态，它的婀娜，它的馨香，却忽略了在兰园，其实还有很多的其他绿色植物，以及杂草中那些让我楚楚怜爱的山石。也正是这些不起眼的陪衬，才会显得兰花那么养眼，那么娇美，那么独特。

整个兰园分成了三块，其实能避雨的地方只有两处，而且这两处地方真的有点小，刚好能容下我们写生。我觉得这已经很不错了，中间园子里，还设计了小小的假山石和流水，水是一直不断往下流的，流入地上的一个小水池中。流水声很大，哗哗啦啦，听起来像是户外下着的大雨。如果你静下心来，你其实聆听到的流水声，何尝不是一种大自然中美的享受。

开始没有人抱怨，但后来，雨一直在下，而且我也感觉到身上凉飕飕的。我想女生肯定更加怕冷，有的学生开始躁动起来，来回地走动，不停地溜出去上厕所。我一直在画，就连屁股后面放着的热水瓶也没时间去动它一下，懒得喝水。兰花很难乖巧地对你开着，含情脉脉的样子，你会不知不觉并全神贯注地坐在她身边，你会不忍心去打扰她的那份静谧，那份优雅。当你久久注视她的时候，其实她也就那样静静地注视着你。我只想画下她那一瞬间的柔美，画下她向你微笑的全部姿态。常听说，一生竹半生兰。我想，这兰花虽然难画，寥寥几笔，但却也最能表达性情。写生时，兰草可多可少，少画可以画出兰草的简洁与空灵，多画可以乱中取胜，疏密有致，如网如梦。

羊城的雨，淅淅沥沥地下着，兰园虽盖有雨棚，但寒风袭来，不时有雨点滴落下来，我生怕浸湿了宣纸，我只能不断地挪动地方，最后挪到一处长廊里。趁着激情，我继续挥动手中的毛笔，时而上时而下，一幅四尺，不大不小的画，让我足足画了两个小时，刚好让我在夜色降临之际，顺利地完成了此幅写生画。

每个人心中，是否都有属于一片自己的兰园，我不得而知。但如果提起热带风情，总会幻想着某个海岛，某片神秘的树林，某次与某人的浪漫漂流之旅。曾经的风情，静静地流淌在我们的记忆之中，化作一纸传说，早已远离。那些闹市中的喧嚣，也因了这眼前的风情，而十分让我珍惜眼前这份静谧的诱惑，或许，我真的该画下这兰园里，微雨滴落的声音。

谁曾想，这些最不起眼的芳草和乱石，却成为画家创作中一生的最爱。是的，我会因为这神奇的自然而心生敬畏，我会因为这朴素的画面而心花怒放。我心中的伊甸园啊，就在这举手投足中早已芬芳满园。突然瞥见不远处一朵快要枯萎的花，便想起画纸上这半遮半开的花却是充满芳香的。滴滴答答的雨，让我顿感所有的花都开得那么让人怜爱。于是感叹，自然中的所有生命其实都曾精彩过，即使无人过问，无人观赏，即使成为不了纸上的画，成为不了纸上的诗，但它们一直都在那里开着，享受着阳光和雨露，很静谧很美好的样子。

有学生再也坚持不住了，受不了这种寒冷和我打了招呼就提前回酒店了。我说，太冷了，想回去的就回去吧。

但我心中的兰园里，花香依旧淡淡地飘着，我似乎就坐在雨中，聆听身旁的流水声，如少年的天马行空，青春期的诗歌，灼人心肺。生命或许如这兰花，藏于幽谷，至刚至柔，洒脱而潇洒。避开城市里的琐碎，一任挥毫落墨，虽岁月蹉跎初心不老，你画下的当全是尘外之音。

野三坡不"野"

　　龙爪槐是优良的园林树种，适应性强，寿命长，民俗有云："门前种槐花，财运自然来。"无形中，给龙爪槐也陡增了许多赋予美好象征意义的色彩。开花季节，米黄花絮布满枝头，十分可爱、美丽。见过了龙爪槐，我突然想到了紫藤花，也想到了禾雀花，因为它们的花和叶都是那么的相似，尽管花瓣的大小差距很大。我由此想到了龙爪槐的前世，或许是紫藤花，也或许是禾雀花，经历了无数岁月，最终成为现在的龙爪槐。

　　我由此爱上龙爪槐，并且是一见钟情，如同我爱上禾雀花和紫藤花一样。我十分怀念京郊十八渡野三坡。寂寞的野三坡，因为我们的到来，或许从此不再寂寞。它的巍峨，它的雄伟，它的婀娜，是那样含情脉脉地直视你的视野。在乡民心中，这山这水并无奇特之处，但它伫立千年，靠山吃山靠水吃水的人们，往来山水间，丰茂的柏油路上，风尘仆仆的行者，那写满生命哲学的眼神，望穿秋水，斩不断缕缕乡愁。千年光阴流泻，有多少人读过这番千山万水，有多少人读过这番画境？我曾多少次朝思暮想那绚丽的颜色，那开阔的盈盈水月，那千般回首的灯火阑珊处，那位年年岁岁均可遇见的诗人。

　　一山一水一圣人，一纸一笔一画者。野三坡等待千年，终于等到我们这群来客，因了这人心，因了这幽花与美好的山水，因了这群志同道合之人。在感受穿越时空之际，现实中的山水，依然是那般美好和坦然。

晚上在山脚下散步时，发现路边一排排绿植，上面零碎地开着小小的花朵。白色的花朵，花蕊中衬着淡淡的黄，走近一看，才发现那么像紫藤花。有学生早已惊呼，这是龙爪槐哦！真是好一个诗意的傍晚。在这样一个僻静的地方，能看到花开，能闻到花香，不早不晚，花正妩媚地开着。我更是耐不住性子，早已喊开了，拼命地要走进花朵中去。对于我而言，每一次发现，都要让我激情四射，看到美的东西，都要让我心动不已，恨不得立即、全部画下来。野三坡其实不曾"野"过，至少在我们到来之前，它是单纯的，它是干净的，它可以温暖你我，它可以让你赏心，赏一方禅意。

从一处农家院旁走过。有当地老农坐在路边石凳上，几只茶盏，一壶浓茶，悠闲自得地品着。"出遛遛啊，喝茶吗？"分明是老农的声音，也似乎是一句久违的乡音。这简单、淳朴的一句话，却带我回到老家去，带我回到漂泊中的城市小巷，我好像客居在外太久了。"不了，谢谢，我们要看看这花。"我回答，并匆忙走过，趁夜还未晚，趁花香还在。

站得高，方可俯视四方。因为站得高，才能看见更远的景色，但生活中的景色是无处不在的。如果你能发现美，岁月的箴言里其实处处是桃源，辗转难眠的梦寐里，盛开的花如蝶翻飞。

我惊艳这季节，这黛青色山水间，这浓淡的水墨画，这赋予大美的自然构成，终究要成为我的画中之画，也终究要与我隔岸为山，予之以山水伊人，予之以百年修为。于是感叹，自然中的所有生命其实都曾精彩过，即使无人过问，无人观赏，即使成为不了纸上的画，成为不了纸上的诗，但它们一直都在那里，开着，长着，享受着阳光和雨露，很静谧很美好的样子。

我有时也期许，从温婉的唐诗里走出来，偃仰顿挫的一步三回头，从精微雅致的宋画里品四季花雨，与知心友人品茗论艺，任凭岁月蹉跎。我想，所有艺术，终究要取法自然，师古人的，这是我们习画亘古不变的传统样式，也是我们拨开云雾，揭露艺术本真最重要的手段。所有的用笔，都是人心所显和自然而然的创造，要做到心无外物，其实难也不难，自然与我，岂是一个"写就万千"可以释怀的。

苍山之外，十八渡野山坡，有溪水长流，有树影婆娑，有鸟鸣缠绕，且有龙爪槐开过，野生或养殖并不重要，而是你静静的走过，感受那久违的馨香，如画如幻，那源头活水中所映衬出的山川与一切色彩，正是你在他乡要寻找的。

2019年7月25日

梦里有竹

竹子的写生，是我们华南植物园最后的时光，只有短短两天便要结束写生之旅。所以，大家还是有紧迫之感，想赶时间多画几张，但越是着急却越是画不好。在一堆乱竹之中，要使眼前之竹变为纸上之竹，说易不易说难不难。

古人云：一生兰半生竹。画好兰花要用一生的时间，而画好竹也要用半生，可见画竹之不易。"四君子"之中，竹也是很难画的了，每一个环结均需要"书法"用笔，一波三折，抑扬顿挫，所画之线需要掌握节奏和音乐的韵律感。在具备较强的线条"造型"功夫后，还需要注意构图、取舍，掌控画面的疏密、空间、层次等关系。

爱竹画竹大有人在，大家都喜欢用写竹来抒发个人情感，不求其形似，只求其神似。古人有"见竹如见人"之说，可见，写生的最高境界，便是写心中物象，抒胸中情怀，并非仅仅描写眼前之实物。也就是说，我们写生，不仅要画眼前看到的，还要写眼前看不到的。画竹叶如此，画竹枝如此，画竹根也如此。画什么不重要，重要的是如何表现自然，如何发现常人不易发现的美，才是我们要下足功课的。

最早见纸上之竹，是元代李衎、赵孟頫、张彦辅、顾安、柯九思等人的，那种洒脱，那种飘逸，深深地吸引了我。元人的墨竹用笔稳健，浓淡干湿笔笔交代清楚，结构空间处理恰当妥帖，繁而不乱，疏密有致，令人叹为观止。为此，我曾着了魔似的临摹过一段时间，后来我又看了明清一些大师画的竹，对竹之爱，发自内心。再后来，我又在北宋文同的《墨竹图》、赵昌的《竹虫图》及五代徐熙的《雪竹图》里找到了更加深远的关于竹的美学定义。从解读古人画竹，我们不难得出几个结论：其一，无论画工笔写意，笔法皆需有出处，笔出严谨而有法度，墨自生灵气与情愫。其二，除过硬的手上功夫外，用笔用墨的真正含义在于画外，含蓄内敛，柔丽文雅，谦谦君子，或富贵洒脱，或刚毅外露，均被看作是自我人格的隐喻，借竹枝的挺拔和竹叶的飘逸来抒发内心情感。在文人的眼中，竹可以明心志，亦可以寄物抒情。

关于竹的写生，最初源于西双版纳的竹林，我带学生去写生，画了一批线描写生。后来又带学生去了普洱写生，再到华南植物园写生，再到自家楼下小区的竹篱笆，可谓所到之处便留下了我"写生"的足迹，对画竹，虽不厌其烦，但每次似"心有余而力不足"之感。的确，在一堆乱竹之中，如何找到自己想要的那种"宁折不弯""君子之风"，却是我一直在思考的。

愿此生，有竹，能一直画竹，在茫茫竹林之中，随竹而居，随竹而梦，梦里化为蝶，从一杆竹里破茧而出。

别样的关心

　　梅雨时节，广州的天气说雨就下雨，说变晴就变晴了，这使我们很为难。早早起床，不停地朝窗外看，一会儿又在手机上查看当日天气情况，不知到底要不要出门去植物园写生，来广州一段时间，明白手机上的天气预报对于多变的广州好像不太管用。

　　头天在禾雀园写生时，因为一会儿冷一会儿热，我把一件外套脱了又穿，穿了又脱。最后把外套当帽子，挂在头顶，虽有不雅，但可以遮阳又凉快，就管不了那么多了。在满意地完成几张禾雀花写生作品回到酒店，等到了晚上，开始流鼻涕和眼泪。我心一凉，惨了，怎么感冒了，知道是昨天的天气惹的祸，我有点不相信自己的身体，怎么就这样弱不禁风了。

　　上午天气依然是阴阴的，虽然不太相信手机上的天气预报，但仍然希望天气预报是准的，因为到12点就会有太阳了。吃完中饭，我们迫不及待地出门了。进入植物园大门，我们坐上电动游览车直奔姜园。植物园每天游人不少，男男女女，都讲粤语，我们写生时，他们会偶尔过来瞧瞧，然后发出各种赞美声："好靓哦，好靓哦！"我们对游人的赞美声已经习以为常，再多的围观也不会影响我们全神贯注地作画。而此时，我发现，我的眼睛已经忍不住，泪水悄悄地在我眼角泛出。心里咯噔一下，咋办？我知道感冒还没好，中午从酒店出门，虽已提前吃了感冒药，但还是眼泪鼻涕水双流，我得放下手中的笔，一边画一边用纸巾去擦拭泪水。这时走过来一位植物园的环卫工人，50岁左右年纪，经过我身旁便停下来，认真地看我用毛笔勾线写生。他看到我不停擦拭泪水的模样，突然冒出一句话来："年轻人，好好努力画吧，画不好，你哭也没用的。"言语中明显充满了真诚的关切。

我一时茫然，忙接着他的话说："是啊，画不好，哭也没用的，那就好好画画吧。"他说完后还看了一会，就走到我学生那边看她们画画去了。学生文青突然从他的眼皮底下弯着腰跑过来说："老师，你看看我这里怎么画？"我给文青讲解怎样写生时，我发现环卫工人突然瞥了我一眼，有点不好意思地离开了。他的背影远去，一身深绿色的衣服，很快消失在植物园那条弯弯曲曲的路口处。

我来不及去读懂一个陌生人关切的眼神里是什么，但我谢谢他，说不出地感动，真的。

2019年2月

在普洱遇见冬红

第一天到园中踩点时，便发现了这片充满激情，红似焰火的花卉，后来发现园中仅此一棵，此花好像被众多繁花树木抛弃，被可怜地藏在几片阔大的芭蕉叶中间路边，无人理睬它，更没人发现它优美的姿态和它红彤彤且有些害羞的花朵。

后来，我们坐在它的下面亲密地目睹了它的风姿，我们一边打量着它，一边用画笔记录下它的一切。以至于引得游人三三两两地过来，给它拍照，和它合影。太阳西斜，为了避开太阳的照射，我们不停地移动画桌和画架。我们像一群纷飞的蝶，萦绕着花香，尽情地享受那份悠然的写生时光。

以前，从未见过这种花卉，圆圆的花，像一枚枚铜钱，又像叶，它真的很不起眼，在普洱，许多地方随处可见。后来查找，才知它有一个响亮的名字，冬红。我们也许迟到了，见到冬红的时候，它已经开始风干衰落，地上落了厚厚的一层红色。宽大的叶子也随花而落，我捡起一片，端详着，无法言语，好在我们来得还算不晚。

画下一朵花，画下一整棵树，怎么感觉画下的是一种怜爱？这种怜爱是舍得还是舍不得？似乎不容我去过多地考虑，我们已经开始动手了。我们准备了宣纸，毛笔，墨水，像做一个陷阱一样，等待一场美丽的邂逅。

外出写生，亲近自然，对于画家而言，已是家常便饭。但经常会面对陌生的物象，让我们惊叹不已，因为那种感觉很美好，我们远离了喧嚣，远离了城市，也似乎远离了尘世间。许多眼前的东西，伸手便可触摸，伸手便会被感动，一朵竞开的花，一棵普通的树，在我们的内心里，它们是那样的无与伦比。

温度刚刚好，天空很蓝，云朵在离我们很近的地方游荡。我一边画着冬红，一边享受此番美景，似乎用手一拨弄，大片的云朵就要掉下来。等微风吹过，云朵就悄悄地逃离了我们的视线。所有的美好与轻柔，都在我们的一丝意念中诞生，使人远隔千里便可以嗅到这种激情而浪漫的味道，如这片颜色，在我们的腕下千百次来回，如偶遇知音，终成另一种景致。

画里有梦，梦在千里他乡，那种生机无限，蠢蠢欲动的样子，是我们一直梦寐以求的生活。我们看淡生命之境，也深知人生如景，一任纵深，都付与了这花间。

诗画一律与艺术欣赏

　　一次，在一个朋友的画廊和一个与艺术无关的商人聊天，他问我，艺术作品要怎样看？还没等我回答，他自己却又说，是不是不能全看表面，要看作品背后的故事？我说，您说得非常对。我们欣赏艺术作品，自然不能光看笔墨、线条，色彩，构图，这都是最基本的欣赏艺术品的方法。关于艺术作品的欣赏，或者阅读，最主要的是要看作品里面所要表达的意境、思想、人文，或者文学的、哲学的、美学的部分，这是表面向"背面"阅读的延伸。也是艺术作品赏析中需要读者考究、联想、感受、理解并站在作者的角度引发共鸣，获得高度集中的一种复杂的审美活动和特殊的认知过程。这种怀着热情的阅读与欣赏，带给读者的是一种充满神奇、趣味，最为真实的感官体验。

　　所有的艺术作品都凝聚了作者的一番情思，可谓是经过匠心独运与智慧创造的结果。优秀的艺术作品不仅可以使人获得一种美的感受，更可以陶冶情操，净化心灵，鼓舞人的士气，启迪人在忙忙碌碌中获得新的灵光。一件艺术品的文化意义，社会功能，有时已经超越了作品本身。这使得千百年来，热忱于绘画艺术，和艺术书写的人一直有增无减。大家习惯了从更多的艺术作品中获得彼此的感应与对话，获得身份的尊贵，获得人们的尊敬，获得对知识与诗一样想象的生活空间。事实证明，你积累越多，获得的愉悦感就越多，掌握的相关知识就越丰富。

欣赏一件优秀的艺术作品，不能走马观花。须全神贯注、进入到作品内在的语言结构中去，在了解作品的笔墨结构，语言特点、色彩关系，有无师承，是属于传统一路的，还是属于现代一路的，还是属于中西结合方面的，甚至作品的笔墨、色彩、线条延续于哪一流派哪一家。之后，我们要对作品内在结构进行分析，比如作品中所反映的内在精神，所蕴藏的主旨与人文思想等进行主观的分析与判断，等等。这时，你可能被眼前的这幅作品深深吸引住了，而作品本身所散发出的文化魅力，可能是你平时并不在意的一部分，只有你仔细去思考和欣赏到缺失的那部分，不经意间的许多生活中的事物，或许能成为你骨子里那种自身生活的反映与写照。

这些年，忙忙碌碌中因专事绘画创作，我可能荒废了文学，却没有荒废文字，也没忘关于诗境的修炼。记得7岁的时候，我就喜欢上了画画，并成为当地学校的"名人"。17岁那年，我又疯狂地爱上文学，我试着写诗歌、散文和小说，这种爱好持续了十年，在各类文学期刊发表了一大堆。但后来我发现，我在文字方面的叙述，也同样是我如同在绘画方面同一种模式的表达。换句话说，绘画无法表达的，用文字表达，文字无法表达的，用绘画语言表达。文字通过有声的语言塑造形象，传递人的感情与情意；绘画通过无声的语言塑造空间，使人获得作品之外要表达的深意，二者不矛盾，可以互相转化和配合，直至相互辐射，而无论何种表现形式都可以让人抵达一个美丽澄净的艺术世界中去。所以，我有时想用诗句去表述这个世界，表达一种最佳的生活状态。当我挥动着手中的画笔，驱动所有自以为取自灵魂的色彩和线条，试图建立一种特殊的表述方式时，世界却以它更为繁复、深邃、辽广的现实，以及更为寂静的沉默，成为你的对立面。没有距离，没有呼吸，没有温度，没有快乐，因为我们常常要与一张空白的宣纸做长久的对话，之后，才能找到自己想要的一种语言图式。

真正的艺术是由人的内心所烘托出的一种超越生活也来源于生活的一种表现形式，写作也罢，绘画也罢，最终目的不是表述世界，而是表述我们自身的一种生活态势。把这种态势转换成一种无声的艺术图式向它的观众传递出一种正能量，一种文化，一种精神，这才是我们作为画家所肩负的一种使命。也正是因为我们对这种"文化与精神"的苦苦追求，我们才会努力奋斗，孜孜不倦，竭尽全力耗掉一生，渴望自己成为世界光明中那最耀眼的一部分。

魏晋以来，"诗书画"一体成为文人士大夫的一种共识和中国画应有的一种品格，也成为中国画家应该修炼的一种基本功。古希腊诗人西蒙奈底斯曾说过："诗是有声画，犹如画是无声诗。"宋代大文豪苏轼评价唐代大诗人、画家王维："品摩诘之诗，诗中有画；观摩诘之画，画中有诗。"苏轼还从文艺本质、创作、作品三个方面确立了以"诗画本一律"，成为核心思想的"诗与画"流传最广的理论体系，并一度成为中国传统文化艺术品评体系的美学标准。苏联美学家波斯彼洛夫认为："在各个时代的文学里都能看到作家与画家在风景画、室内装饰、静物写生、肖像画等方面的特殊竞争。"所以，古代画家创作，重点不在造型，不在设色，不在技巧，而在传情达意，而在人文精神的诠释。我想，古代画家如此，当代画家也如此。

有人说：文字从来都是渗透灵魂最好的遇见。而画家每一幅富有深情的作品，亦将成为你漫长时光里最浪漫的记忆考证。我希望你在经历"遇山是山，遇山不是山"的阅读生涯之后，不问烟雨寂寥，不负这千山万水与花开花落。我也期待向广大读者提供一种新颖鲜活，回归自然，行看云水，神游林泉幽谷与四季花园中最美好的艺术阅读体验。

我十分强调艺术作品的唯美性，这是因为正确的欣赏绘画作品可以给人以无穷的愉悦和满足感，可以改变我们对这个世界的认知方式。基于这个观点，我们可以得出这个结论，那就是艺术是生活在当下最为生动直观的记录，神奇的大自然包罗万象，它超越一切绘画语言。如果许你一座四季花园，你能留住那美好的馨香吗，如果你拥有千山万水之灵光，你会遨游于天地间吗？现在，你只需用半日时光，像阅读散文一样，去品读画家的每一幅作品，并安静地聆听，这自然中的每一朵诗意花开。

2020年3月5日于京东郊

我在你的水下世界清洗身体

我在你疲惫的翅膀之下躲避风雨

我在你的灵魂深处，浑水摸鱼

摸到童年的游戏

摸到爱情的蜕变

我孤独地亲吻着你的忧伤

让你酣睡在轻盈的石板路上

没有月光的荷塘，我是怎么也看不见

你的心跳如湖水一波高过一波

我是你佛前那朵莲花

香火缭绕的悸动

在你隆起的皱褶地带喂养自己

多年以后，当远隔万水千山

我在自己的表情里回忆

曾经种下莲蓬，种下莲花

种下无限的眷念

在你潮汐潮落中

曾经有那么一抹流浪的云朵

是你缠绵的目光，让我随波逐流

——摘自《我是你佛前那朵莲花》

雪落初冬任逍遥

在我出版的多部著作里，我用了许多的文字谈及宋画以及我对宋画的崇尚和敬畏之情。我想，凡学工笔画者，应该或多或少都会去关注宋朝，学习宋画。因为，除了宋朝这个辉煌的时代所涌现出的宋朝文化，宋朝绘画，宋朝的人文精神，我还真想不出还有哪个朝代的绘画能令我如此痴迷和向往。无论是山水、花鸟、书法、诗词文学等领域，我们随便屈指一数，便能列出许多影响至今且耳熟能详的大师：关仝、李成、范宽、郭熙、李唐、张择端、刘松年、马远、夏圭、王希孟、黄居寀、徐崇嗣、赵佶、苏轼、文同、崔白、扬无咎，李迪、林椿，梁楷、米芾，黄庭坚、蔡襄、欧阳修以及范仲淹、柳永、辛弃疾、陆游、王安石、李清照等。他们像一颗颗璀璨的明星，照耀千古，成为每个时代每一个文艺工作者前进路上永恒的航标。

前天，在给中国工笔画学会高研班上课时，我再次提及以范宽、李唐为代表的两宋山水，提及北宋"本游方外"《林泉高致》的作者郭熙及他的名作《早春图》。那冰雪消融之后的早春二月，那崇山峻岭间游走的行脚僧，以及那群伟大的挑夫，他们总是让我充满对人性的感动。还有那一家三代很悠闲很幸福地生活在这桃花源式的大山中。只要一闭上双眼，这些场景似乎就像一场电影，在我脑海里徐徐展开，每一处都能带来惊喜。那可游可居可望可憧憬的理想主义家园，好像就在离我不远的地方屹立着。那触手可摸且微微冒着热气的山岚，那奔腾而下的流水声犹如某首歌谣，由远而近。如同蟹爪般的树枝上，好像泛着点点春绿，那叶的嫩芽正在努力地往上生长着。在此幅作品中，无一处不显现出生命的顽强，无一处不彰显出这方山水中每一处和谐的足音。是的，这种隐逸的田园生活，却一度成为我们当下许多人苦苦追求的生活方式。远离喧嚣的城市，远离被钢筋混凝土包围的家园，远离错综复杂的人脉关系，远离永远做不完的工作，只是能有几人，能真正享受这宋人式的岁月静好。

沿着昨日的初雪，沿着京城的一条小路，来到《雪落初冬任逍遥》前，我断断续续花了两个月终于在雪花飘落之时完成了此幅作品。冥冥之中，好像有一场雪在等我，也好像我在等待一场初雪，那漫天飞舞的雪花正深情地落入脚下这片土地，落入我的笔下。初雪带来的惊喜，如同我的每一幅作品，在结束的时候，我总是要为此做点什么，哪怕是心灵上的仪式感。但我也很快看到，初雪很快在窗外慢慢融化，洗涤了生命中那些高低起伏的印痕。潺潺的水声划过裸露的山川，万物因复苏而带来的无限生机，正是应了那句"春梦无痕落花去，严寒之外遇知音"，我把美好的遇见和遇见的知音都画进我的作品里了。

我无法再去冥想什么了，远方左上角的芭蕉树，有些叶子开始低垂下来，呼吸着雪地的芬芳。这株植物似乎一直都存在着，像一座山川，存在了很多年。它从来不曾耀眼过，在那个不起眼的地方，任凭风霜雪雨打在身上，依旧花开花落。实际上，植物们又充满着对周围景物的反射，在四季时光的更替中，它总是默默地陪衬着，谦让着。在你疲惫的时候，为你遮风挡雨，为你做短暂的栖息之所。现在，三只孔雀打破了这片宁静，雪地热闹起来，雪花潇潇洒洒落在这片洋溢着幸福的时光里。那奔跑着的幼小的心灵里，或许早已装满这人世间最美的颜色，它所有的秘密如同冰雪消融之后的流水裸露在山川之上，无处可藏。

　　有人说，你能写多大的字就能办多大的事，你胸中能容纳多少人，你就能成就多少事业，其实说的是一个人的格局和视野。三人行必有我师，其实也并非特质三人，而是指在一群人中，一定会有值得你去学习的人，一定会有值得你十分敬重的人。当你打开飞翔的翅膀，你一定能翱翔于蓝天之上，当你展开你宽大的尾翼时，那一定是你最为自豪和充满力量的时刻。你爱着你爱的人，你用温情的眼神传递了你的慈祥和你对这片土地的深切情怀。千年前你就拥有"百鸟之王"的美誉，但你懂得高山仰止，你懂得敬畏万物。你虽然凌云壮志，也尽得魏晋风流，却在"看山是山，看山不是山，看山还是山"的境界里，心游万仞，时常抒怀一方寥寥寸心，这就是你的格局。山光物态，草木诗请，丘壑青山，均被化作初冬的朵朵祥云从我的眼前飞过。我在思考着，一幅花鸟画，其实可以照样欣赏山川之博大与秀美的，这种博大和秀美就在你眼前，它也存在了千年不管你走了多远走了多久，它一直存在着。无论初冬还是初春，我相信这瑞雪的含义，冥冥的佛音，预示着来年一定更加美好。

除了画下《雪落初冬任逍遥》这温暖的场景，我也曾画下《塬上春雪》。林子外的偶然相遇，让春雪多了几分妩媚，几分真诚。那场雪或许下了很久，厚厚的雪堆积在山岗上，鸟们无心戏耍，好像都在回忆，那懵懂的年华里，大家都曾经来过这里，经过这里。山有石，云无踪，那春的绿意和烟雨，只是早已丢失在林子深处。还有描写三月春光里的《郊外春寒》，当早春的迎春花三三两两竞相开放的时候，其实，我更多想到的却是大文豪苏轼的"竹外桃花三两枝，春江水暖鸭先知；蒌蒿满地芦芽短，正是河豚欲上时"。鸭子们在一阵闹腾之后，早已筋疲力尽，逐渐安静下来，各自栖息着，依偎着，我在想，如何给它们搭一座桥梁，让它们朝着我的方向，飞奔而来。

昨日初雪，今日却是晴天。窗外有清风掠过，雪落之后的初冬，有鸟儿在飞，大地上所有的生命，都似乎可以轻而易举地成为画家笔下美美的景象。我们很渺小，也只是这片雪地上的一名匆匆过客，但从明天开始，我依然要劈柴喂马，把小鸟变成大鱼，把大鱼变成华丽的孔雀，与庄子一道，从此周游世界。

2020年11月22日于京东郊

遇见莲花开

　　那一天，我闭目在经殿的香雾中，蓦然听见你诵经中的真言；那一月，我摇动所有的经筒，不为超度，只为触摸你的指尖；那一年，磕长头匍匐在山路，不为觐见，只为贴着你的温暖；那一世，转山转水转佛塔，不为修来世，只为途中与你相见……

　　降央卓玛那令人心碎的歌声一直萦绕在我的莲花之上，我更是感慨仓央嘉措作为一位僧人，却写出了凡尘俗世所有的情与爱，留下千古传奇的一生与凄美的诗篇被后人孜孜不倦地品味。

　　大千世界，茫茫人海，与一朵花相遇抑或与一个人相逢，便是一种冥冥之中的缘分。佛说：一花一世界，一叶一菩提；佛还说，每一次绽放都是前世，每一次轮回都是因缘。我们有时忘记某些人某些事，但并不等于有些事有些人从未存在。命由己造，相由心生。不刻意，万物皆随缘。有时学会放下，拥有的自然会越多。

　　第一次遇见，我便喜爱金莲的绽放与辉煌，喜爱金莲的圣洁与绰约，喜爱金莲的高贵与神韵，喜爱金莲的娇艳与柔情似水。我沉醉于金莲高贵的气质与风雅之下，那透着沁人心脾的清香，那微微上弯的花瓣，那黄得可爱的蕊儿，那长长舒展的叶子，还有那层层包裹而心怀慈悲与美好的躯干，这精美绝伦与超凡脱俗的组合，世间岂可再有？烟岚云雾，世事沧桑，晓风残月，花开岂可无言？落花怎能无意？那红尘中的一花一叶，一蝶一景，似乎在我闭上双眼的那一瞬间，又开了千年，又落了千年。

疏影横斜，馨香依旧，如果这不是黑夜，可否是黎明？如果这不是黎明，可否是黄昏？如果你不曾来过，我怎可在佛前为你千年绽放？如果你不曾在黑夜中醒来，我怎能停留在你的莲花之外？撕开这雾霭中的点点斑驳，让我成为你梦中那只时光隧道里唯一的蝶吧。当风雨飘摇，寒雪临近之际，在你千年一次媚笑的花丛中，让我尖尖十指抵达你的心房温暖你层层叠叠的忧伤吧。因为我此生遇见你，你此生遇见我，因为遇见那最美的莲，遇见那最柔情的蝶。

画家的时光里，不应该只剩下一花一叶，走近你，唤醒你沉睡的灵魂，我是你花前千年的佛；凝视我，凝视你自己，我便是你花之上那只灿烂的蝶。我似乎从不担心你的衰败，也从不怀疑你凝结成一处飘落的尘埃。如果你在，莲在，赏莲人在，画莲之人也在，你会发现岁月如此静好。

如果，莲的心事，只有等待莲花盛开。如果当花征服了你，你征服了这个世界，我邂逅中的莲花一定会为我而开。那消失的旷野，那无边的黑夜，那秋水长天，那一场不知名的雨，均在一只凤蝶转身之后悄然而至。我想，人世间总会有一朵花会惊艳你的岁月，温暖你的梦痕，呵护你的惆怅。也总会有其中一朵花许我，而今生，我说，我要许你那一纸淡紫青蓝。

一缕阳光

　　细雨轻烟，林子在一个惬意的清晨醒来。昨夜的风，没有带走落花，没有折断疏草。这里依然是野水孤村，或许很久以前，这里是文人骚客雅集之处，那藤绕的树枝，那不知名的岩石，那朵朵让人怜爱的花儿，不算妩媚，却很惹眼。

　　我早已听不见雨声，也感觉不到风声，一切都归于宁静，昨夜的梦似乎还在一个人的臂弯里沉睡。没有人会记得，昨日的春花秋月里，有人来过抑或有人已经走远了。幽深的树林外，远山如黛。

　　遗失的光阴，明明就在自己的笔下，却在一伸手间消失了踪影。我由衷感叹：天地虽宽，却也留不住韶华和那一山一水之间的无限眷念。而布满沧桑的枝藤年年岁岁错落在自己的故事里，只任山高水阔，暗香淡然之时，抖落一地缠绵，抒怀一陌青瓷。

　　"高林雨过白烟生，风动疏阴漏日明。却羡茂林苍壁下，独携惊鸟对青山。"我似乎在学做宋词里的逍遥派，以笔墨为归宿，一任万物化我，为蝶为凰，可以化我、非我，至大化之境，全然不顾那惊飞的回眸，以及那份悠然的美丽。

　　我只是你心头之上的一缕薄薄的阳光，我只是在你惆怅或是苍茫寂寥之时能轻轻拍打着你的翅膀，让你的笑容闪烁在生命中的每一次问候，每一次春暖花开之际。我只是你影子之外一缕微不足道的阳光，我只是在你最脆弱的时候来到你的身旁，给你温暖，给你关爱。而红尘久远，我不知你的征途是否一片云影，还是一路水月？忧虑与坚强，探索与追求，美德与邪恶，没有人去分配各自的角色，唯一有些游离的，只是画家笔下的一只惊鸟，它一跃而起，没有人知道，它飞去哪里。多年以后，或许那花，那叶飘落而去了，但愿，它的芳香与惊艳一直开在我的山坡，能留得住那一缕阳光和那棵让人牵魂的老树。

如在海边遇见你

如在海边遇见你，我想，那一定是在青天白日，那一定是在春暖花开的时候。你如一朵洁白的浪花，在我的面前，你的笑靥里藏着一片又一片蓝色，那是让我心动的温暖。我说，怎么会在海边遇见你呢，因为你一直是那么的让我心驰神往并钟情于你永远烂漫的歌谣。

我开始在你的世界里，画山画水画斜阳。画你悸动的心跳，画你红润的脸庞，画你婀娜的身姿，画你倒影在千山万水于霞影中的超凡脱俗。你用千年的诗行揉碎了我的心事，你用一纸浓墨重彩把我渡向渔人的彼岸。我看见那一处疲惫的空房子，它虽年复一年地被遗忘在那里，却成就了我一段不寻常的生命旅程，也成就了你我一段"断肠人在天涯"的故事，烟雨千载。

我再也无法迈出你的视线，我看见你许多缠绵的追忆被冻结于这高高的岩石之上，被风吹被雨淋被阳光暴晒，从此，你便看淡那四季的风，风里生命如风轻，如纸薄。

雾起今晨，微风乍起，水波阵阵。我在你翩然的背影里继续埋头前行，我深知，修艺如修道，唯有经历云水之跋涉，方有那壁立千峰的从容与气魄。当渔歌远去，我便随着你的落音归去，那条寂寥的羊肠小路，不再是一个人的清梦。

如在海边遇见你，亦是我今生之荣幸。如你不曾忆起我，我仍会在你游历过的地方，造一座又一座漂亮的房子，给房子取一个温暖的名字，给名字里涂上你我喜欢的颜色。

如在海边遇见你，我会记得从明天开始，在属于我们的房子周围，植树，养花，并给那一片荒芜的土地铺上无限的眷念。因你，因爱，我心中的纸鸢，遇山是山，遇水是水，虽百转千回，只待越飞越高远。

如在海边遇见你，你若懂我，你若能读懂我身后那些坑坑洼洼的时光，便任你触摸我所有的山山水水，你若等我，我便赠你一纸无边辽阔，为你寻得这云水之外的宁静与归期。

面朝大海

　　我终于可以领略海子的诗《面朝大海》了，从明天开始劈柴、喂马、给每一座海礁取一个好听的名字，从明天开始，我祝福所有从你海岸经过的人，从明天开始，我要更加开心地画画。

　　我也终于可以沿着杨洪基的歌声《滚滚长江东逝水》那千古绝

唱：滚滚长江东逝水，浪花淘尽英雄。是非成败转头空。青山依旧在，几度夕阳红……

　　一路踏歌而去，海的镜头里，似乎波澜壮阔，似乎皓月如烟。而我为什么在远离海岸和一个叫桃花溪的地方，读心如止水，也读庄子的《逍遥游》。如果面朝大海，山川从此不再寂寞。

　　那横卧千古的岩石，那些风干了多少缠绵的浪花。那些飘飘欲仙的渔火，那些相思而患难与共的鸣虫，今夜，我将怎样渡过你的遐思，我将怎样在你的月色里荡漾成长长的一股暖流去温暖你。

　　浓浓的乡音悄悄地滑过你的脊背，我对着远去的你喊话，你用灿烂而欢快的海浪声无穷地拍打着我的臂膀，似在告诉我，你的下一个季节一定春暖花开。我孤影对寒灯，在张若虚《春江花月夜》"滟滟随波千万里"的诗意中，我多想等待你一如涩涩潮水般地涌来。而高高的岩石上，那遥远的离情，将如何洒入你的门帘。那金光灿灿的同心锁，将怎样锁住你一弯心月与一颗无边悠长的诗魂。

　　我一如开在这礁石下面的一束束花朵，在文人墨客的世界里，我随风摇曳成最美的景色。白云绕绕，山野清流，其实，人人心中都有一片海域，那也许是逍遥无尘的桃源，那也许是面朝大海的心无旁骛，那也许是翘首痴痴的如梦相随。

　　礁石是我，海岸是我。秋水长天，水天互爱。红头绳太短，系不住两颗跃动的心灵。愿这宝塔，照耀千年不绝的绵绵清音，云来千山万水，雨来柳暗花明。我只需一管笔墨挥洒于纸，便可辨别你来时的路和你去时的绚丽。

穿越你的海岸

　　海岸无边，心也无边无际。一切似乎都停顿下来，天地宇宙，均从一块断裂的顽石开始书写生命历程。

　　一千年阵痛，一千年未曾风干的洗礼，虽千疮百孔，虽备受时光磨炼，你却在世人的宿命中伫立千年。在诗人的世界里你站成一座座丰碑，在画家的世界里你被仰视成一道道迷人的风景。那是如石如玉的精神，千年永存。

　　我无法用文字去堆砌你的华美，我将穿越你的海岸去读你，读你身后的惊涛拍岸、滚滚红尘，读你身后满含浪漫主义情怀的水天一色。我说，你如此心思缜密啊！你说，水滴石穿，你内心的另一面依然脆弱。是的，人性，如水亦如石。只有那岩石缝隙里的花儿，你无法藐视她的存在，只有那流荡了多少千年的海水，可以慰藉你漂泊的灵魂。

　　揽自然入画，我幸得这一片灵石。我无法用颜色来描绘你的本然，你本已高贵古朴，你本已气质超凡，你本已瑰丽多姿。我只是以自然之道走近你，看你在我面前述说那千年的博大与不老传说，看你层层叠叠的纹理，有如音符的跃动，时而波折时而飘逸，时而惆怅时而缠绵……你的典雅与具象，你的端庄与抽象，在疏密与藏露之间，在成熟与内敛之间，你的世界便是画家的世界，你用"黑白灰"的人格魅力，迷惑了多少千古骚客。我只想说"行到水穷处，坐看云起时"，那是我对你千年的眷念。

水之空灵，山之雄奇，画什么不重要，读什么也不重要，没有什么言辞比"海枯石烂"来得更为猛烈。一粒凡尘，只有经过岁月的洗礼，风雨的打磨，方可化蝶为蝶。不为贫贱而伤感，不为卑微而困苦，每个人都可以创造一种永恒，每个人的风景里皆可满目青山与无边的辽阔。

风收藏了海，海收藏了时光，时光厚重，厚重如礁石。石上有松，松随心动，如此，遇石皆缘，无论缘深缘浅，只因你不负我，我便匠心独运，不负一生韶华。

岁月·时光·年华

　　一道曙光，从遥远的地平线升起。几尊顽石，经过碰撞，经过烈火，经过日月，你在最古老的石器时代孕育出了华夏文明与百万年的生命，且生生不息。你是石，是画家笔下三生三世的恋人。

　　你穿越魏晋、唐宋，穿越元、明、清，你穿越历史的沟壑与尘埃，我感受你的坚毅与强大，感受你的尊严与博大，你从黎明前的黑暗中醒来，你伸了一下懒腰便从世界的脊梁中踏歌而去。你成为千古风流，你不一样的气质与气势，被世人抒写了五千年。

　　你穿越隧道，穿越人们的视线，穿越诗人的字里行间，穿越画家的氤氲笔墨，穿越芸芸众生。只有我最懂你，因为我无数次与你潮起潮落，无数次在你的梦里如陶渊明一般泛舟而去而不识归途。

　　你似乎激荡了很久很久，也似乎沉睡了很久很久，层层叠叠的波光，照耀古今。低处有你，高处有你，你不拘泥于常规惯性，你至刚至柔，至真至纯，你的柔情，世人都懂。

　　你是大海，你也是普通的一滴水。

　　我几乎忘了我自己，我以为那浪花朵朵是我，我以为那暮色中的海鸟是我，纵然一夜未眠，纵然我曾被你温柔地拥抱。今夜，我要用我的灵魂触摸你的滚滚歌谣，与你共赏三千明月，与你不醉不归。

我坦然屹立在我们相守千年的地方，自从有了对你的第一次膜拜，我便深知寒山不远，沧海无涯，红尘阡陌，我一直在想，如何掠得这悠悠岁月去你被时光打磨得有棱有角的世界？听松是松，听海是海，听风有佳人来。

　　我不知是否正落入你的独白之中，看你那份嬉戏，那份灿烂的笑，那让人等待的花期，也许，那悬崖下不知隐逸的才真的是我，是我，便知胜境如此美好。

　　我永远无法知晓你的疲惫，时光一泻千里，顾不了你也顾不上我地往前奔跑着。那一处礁石，沧桑了你也沧桑了我，沧桑了落霞与黎明之外的云烟。我说，其实还好的。因为在我的瞭望塔里，蕴藏着我厚重的记忆，蕴藏着我成长足迹中的一路芳华。我希望有一天你终将知道我的独特与温雅，知道这乐山之意与乐水之境，知道这错落有致，温婉如玉的质感，你头顶的那一朵花，要开千年。

　　我独自冥思，还完全沉浸在昨日的缠绵中，一杯苦咖啡，我们不知喝了多久才停下，只记得六月的容颜中长满了痱子，那骚动的绯红，让我很茫然地睡去了。画室外，不知是月光湿透了时光，还是时光浸透了月光？在这片最浪漫的沙滩上，已全然看不见有人曾停留过的足迹。

　　涛声依旧，我在很远的地方就已闻到那礁石的味道，心中的思念，渐行渐远。夹缝中，一种叫醉蝶的花已经盛开了，不知是否有人来赏，不知我存封已久的纸鸢要寄给谁，那个在礁石下读海之人，那个画下整个大海的人，已经走远了吗？

我如海中之鱼，历经艰辛，从最远的记忆中游来，爬上崖顶，第一次陶醉在你最深的风景里，猛然听见蝶语："花开花落任逍遥，一声弹指入物华，借得一瓢胭脂色，修来曲径走天涯。"我一如少年般地懵懂，也如少年般地憧憬，时光如飞碟，旋起岁月蹉跎。岁月悠长，率真的鸟儿，或许不知人情冷暖，它悠闲地飞绕在海之上，盘旋许久，终究落下来，停留在能停留之处，我看你，你看它，它看潮涌不息。

　　时光从不刻薄，贤者有慧心，有慧心者便知善待时光。青春不再，年华不老，高处不胜寒，寒来有蝶化，化我之蝶，你可知艺术之羁绊。咫尺亦天涯，游离乃性情使然，只有洒脱无欲的境界和如大海一样宽广的胸怀，皆妙颜可赏，高品可近。

　　我无觅处可觅，无舟亦自横，崖高水阔，花落手心，荒凉之处自荒凉。是谁，在海之对岸，抚过我孤独深处的层层面纱。自恋的鸟儿，为什么你总是在我掌灯之后，轻轻听我倾诉……我无法寥寥几笔写尽礁石之精神，也无法草草几笔画出海之灵魂。山之长，海之远，无思无虑，无欲无求，无雕无琢，水滴穿石，自可天成。

　　松树之高松树之苍劲，让人魂牵梦萦，千山一叠，总在蝶树花开之时。信手画下一处礁石，只道是：正当年，花儿俏，窗里窗外几多情，落花自飘零，飞过桃源去。

　　岁月悠悠，时光流传，芬芳年华，虽万事修心，但初心不忘，仅此一处海岸线便可得知，一位年轻的诗人，他曾经来过。他也曾祝福您：国之百年，国之千年，国之万岁。

开往春天的列车

几年前，想画一张山水画，于是在兴致极高的情形下开始构思创作。很快，画到一半时，不知什么事，便被搁置一边，没承想，一搁就是二三年。当我再次打开这幅画卷时，才发现宣纸都有些发黄了。《面朝家乡》是一幅不算太大也不算小的作品，却断断续续画了两三年才完成，原因很多，这里不细说，只说说创作方面的一些感受。

几次坐高铁回家乡，车窗外时不时地看到一些山山水水，这是我萌发想创作一幅关于家乡的山水画的初衷。但我的家乡没有太高的山，于是我想到了离家乡不远的张家界，也想到了十多年前去往张家界时留给我的美好印象，那实在是一片令世人，确切地说尤其是令画家十分向往的神奇山水。

古代山水一直是我膜拜的对象，石涛的"搜尽奇峰打草稿"也常常给我灌输着这种亲近自然，敬畏自然才能创作出优秀作品的观点。下笔之时，我反复揣摩如何表达一种阳光的，富于深意的山水画，并时不时地翻阅了许多古代经典名家作品，做到了"心中有数"后开始在A4打印纸上反复画绘制多张小稿，这是我创作的一种习惯，基本定下后开始在宣纸上起稿。首先，构图上，我采取上中下构图法，即远景、中景、近景相结合的形式，布势上取郭熙"三远法"中的"深远"，即"自山前而窥山后"，由近往后推移，直至云雾缥缈间。

这些年，经常行走各地，同时游历于不同地貌的山川之中，却是感受各异。因为地形地貌的不同，环境和心情的不同，人文底蕴的不同，便会产生不同的情感体验。通过多年写生之后，再来进行一番临习，在一根根线条的驱动下，进一步达到与自然对话，与古人对话的目的。我有时在想，古人为什么这样画，他当时的状态是怎样的，心情是怎样的，身边是否有人陪伴，这些问题，引发我做更多的思考。

确定大的构图后，先用喷壶将宣纸略为喷湿，然后用大排刷蘸花青色刷出山石大的色块，刷大色块时颜色要略有深浅变化，注意将云的位置留出来。待干后开始勾线。因为是细笔山水，所以最好用小号勾线笔细细勾勒，这里，我借助了花鸟画线描写生勾线法。线条要勾得轻松，随意，但必须有力量感，山石结构要严谨，用笔时中侧锋并用，可以边勾线，边皴擦（宜少）、边渲染，整个过程需要数遍才得以完成。细笔山水的优势可以使人近观，亦可远观，让人百看不厌，每一处景致，都可以启迪他人神思。但难度是要耐得住性子，沉得住气。在一笔一笔的抒写中，在充满激情中感受那种不凡的境界，并从中获得一种无比的愉悦感，这决定是不是能创作出一幅作品成功的一个主要因素。

随着对传统文化艺术的不断深入学习研究，其实会越来越感到自己的不足之处。之前，我从唐五代、两宋、至元明清诸多名家的临习过程中，已深深感受到每一家用笔用墨各有不同。这种"不同"或许会非常细微，如果不去一遍遍认真临习，不去仔细体味，光停留在用眼睛读画的基础上，是永远无法获得这种感知的。所以，在创作此图时，我脑海里时时掠过古人山水里各种姿态的用笔用墨给了我很多的参考价值。

高山峻岭，重峦叠嶂，由近至远，创造一种幽深高远的意境，这是我创作此幅作品的另一个构思。瀑布，祥云，这是我无数次在梦里"心游万物"之所得。画下游客所居之帐篷和马匹，更是将这种"可游、可居"予以无穷的刻画。山脚下呼啸而去的高铁列车正在穿越而去，这虽是此幅山水中一处不起眼的地方，但列车的出现，给这片大好河山带来了"春天般的温暖"，带来了吉祥，给千千万万的山里人带去了希望。作品中虽没有画一人，却让观者感觉到"此处无声胜有声"之感，此时正是岁月静好。山岚、云雾、游人、现代化的列车，以此呈现出对家乡山水与理想化境地的向往。

这是一种写实性的手法，却又带有一种抽象化的理念，因为所见之物很具象，却又饱含了一种浪漫主义情怀在里面。通过万千笔墨，由淡至浓的每一处勾染法，向读者呈现出一片生机盎然，雄浑壮阔，秀色可居，幽深静谧，神奇的自然景象。

当无声的风掠过你的窗外，那只是一个吹落了的旧梦。灵山毓秀，阔水苍茫，一泻千里。丹青韵律，山水流传，款款红颜终究温暖不了那冰冷的山岚。山外有山，人若有情，山若懂我，我何必借助一段韶光，画下满纸烟云。听风望月，戏墨游心，心中的马儿，你要永远仰视长空。

山川如我，心游万仞

如织如梦，似乎昨夜的梦里已经穿越而去，那是千年的云影，那是千年的时光。我时而在云之上，与大鹏对话；我时而在山之脚下，与众僧论禅；我时而被风吹过，如飞翔的鱼，随后掉落深谷。醒来，不见月色，静静的山野，无忧草呆呆地看着我，看着我，从草尖上，慢慢开出花来。

疫情期间，感觉真正是静下心来了，窗外之事，好似与我无关，一日三餐之外，就在画室里，待着，举目凝思，挥动手腕，看山川于我面对面，看云烟在我眼前缥缈，看流水在我的笔尖流出，看鸟儿翱翔于九千里高空，独自逍遥。

春意盎然的日子里，其实是想出去走走的。走入万花丛中，走入云山水深处，走入长长的梦之外。梦还是青涩温润的样子，像一朵含苞待放的花，有溪水潺潺做伴，有岁月静好。山川悠远，自然于我手腕之下，一览无余地照耀着所有行者，一切隐逸的惆怅，均化入一方净土。众生境缘，缘定三生，三生有约，隐约胭脂间。那一定是我钟情的颜色，不艳不媚不俗，在最低的山脚下开出，也许不为人知，也许尚缺灵气，但山水间有我，我一定怀揣异香，那是最真实的茁长。

我的梦依稀可辨，我的手腕有些累了，为了画你，我总是喋喋不休地与你对话。一棵树，一条瀑布，一朵云，我一刻也没离开过。凝心静气，穿一身薄薄的风衣，我不安分的心事，独自旅行，我总得抵达故事的尽头。山巅之上，清风明月，圈养云烟，我猛然发现自己早已坠入他乡，坠入一帧薄薄的画纸上。一千次回眸，一千次吻别，我无法辨别自己的姿势是否和谐。想想这极富诗意的情怀，这温婉有致的馨香，这繁花中一抹动人的心扉，而你，却总在高空翱翔，你似乎看不见我，一位少年式的忧愁。

画纸徐徐展开，苍茫里，我分明看见你啊，大鹏，你花了一千年长大，又花了一千年飞跃。你终于直入云霄，庞大而孤单的背影，我看见你，透过黄昏，穿透云层，你铺天盖地地从世界的另一头起步，滑行，风尘里，你从没改变过初衷和飞翔的方向。

庄子，我快要遗忘你了。你太高，凌峰绝顶，古意悠然，你随手一指，就能化作一处最美的云山，绿植葱郁，层层叠叠。 庄子，我快要走近你了。你吞容万物，手纳莲花，你如混沌初开的天地，你扭一扭长空皓月，蘸一蘸北冥之水，你伟大的作品里便写满物我浑然的力量。

庄子，我还得踌躇满志地前行，你虽无所踪，我却要在自己的一亩三分地里，亲手栽种属于自己的黛青色山岚和性情豁达的无忧草。草能开花，花能引蝶，蝶能做茧，茧能做嫁衣裳。

我不再展示翱翔的翅膀，我还要爬云而去，山已不是那山，那也许是千年的陨石，那也许是我仰望的繁星，繁星点点，久违如故乡，那里一定有我的归宿。我是一只大鹏，我会一直在云端，心游万仞，只待落花缤纷，扔掉藩篱，回到开始。生命之坦然，绝处之逢生，青山不老，绿水长流。南山问道，菩萨有祥光，我佛佑八方。

花开见佛

一只孔雀仰头凝视另一只孔雀。它可能徘徊很久了,它炯炯有神的眼光,久久地注视着已经发生的一切,它的同伴就要离开了,那是它最为熟悉的身影。夜晚因此变得很漫长,这也是一个令人沉醉的时刻,世外桃源,也莫过如此。它确实有些自我陶醉,也露出一丝丝忧伤,或许是四季更替,这美艳的花朵所散发出的馨香,或许是这冷艳的光辉照耀着自己。总之,它也想飞起来,只是等这般幽静之后,等夜色更加妩媚之后,它希望自己有信心跨出那一步,进入另一重门中去。

一开始,只不过是一次随意的散步。夜晚来得很突然,猝不及防的花朵,就盛开在自己的身边。它该祝福那位飞翔的同伴,它该为它感到骄傲,那一身洁白的衣裳,阔大而有力的翅膀,美丽而悠长的尾翼,正是自己所欠缺的。而眼中的莲花秋雨,却是落梦无痕。

这是一座花园,小瓷砖铺成的路面尽头,一定有一片让人惊艳的风景。时光旋转,岁月蹉跎,但自然之美一直就留存在这里。花开不断,芳香久远,一切都仿佛如梦境之中,因为,所有人都看到,在那看似遥远的天空上,有祥云众生,一泻千里,月光如雪,千年佛光普照,花正灼人。

你越过了一座花园，其实，你已越过了整个天空。太阳和月亮，都在你的身后，你坚强的内心犹如这一片美好的景致。你无所谓恐惧和敬畏，你终于可以从第一重门进入另一重门，你终于可以让自己陷入这片爱的花园中。神灵一直都在庇佑你，无论你沉睡无论你飞翔，你都是这夜色里最耀眼的王。是的，因为你之前的艰辛，你之前的努力，也因为这片洁净的圣地，终于可以让这座花园一直延续着你的神话和你的美丽。你甚至默默地接受着来自各方顶礼膜拜的眼神，你稍微翻动一下身体，就能触到最神秘的天穹。

　　金黄色的花朵包围着你，所有的花都已经开放。各种姿态，各种心态，在这静谧的世界里，或许只有画家笔下的颜色是永恒的。但你可能例外，你是千年之佛的馈赠，你是上帝的宠儿，你颤抖的心事，像飘浮于花园中所有的歌吟。你可能会很快流逝和衰败，但你注定要在美丽的祈祷中开花然后落入千万种思念当中，并以优雅的方式向走近你的人们叙述着一个又一个古老的传说。铭心刻骨的花朵，铭心刻骨的爱，都在你一丝丝柔情下繁殖，自然的生命力由此被肆意绽放。

　　祥云在花朵之上流荡，似乎一不小心就会掉落下来。夜色中的云朵，隐藏着某种神秘，天地之间，好像一切都在旋转。二重门之上，菩提之外，枝繁叶茂，大慈大悲，大喜大舍。菩萨之修悟，在于能利益众生，忍受常人难忍之苦，由修忍辱，能忍受一切有情骂辱击打及外界一切寒热饥渴之大行。"不懈息地努力，不断地进步。菩萨由修精进，能对治懈怠，成就一切善法。"所以，大功德，无烦恼而快乐无比，从而进入你欢乐的菩萨愿海。虽红尘短暂，知鱼游者之从容，知蝶互化者之自由，而人生多境界，唯有实现二重门之跨越，方可普度众生。

　　重彩入画，技与道，得道自在，花开见佛，佛永在心中。诚然，画家之手，是完全可以画尽世间万物的。这伊甸园式的多彩缤纷之色彩，以及那些真实的风景和景色之外的故事，曾经多少次温暖了你，温暖了我。当一只又一只孔雀再次出现，我们是否也等待和飞鸟一样的旅程，我们是否也会时刻去阅读画面上那些不为人知的细节，从高处往下，看到一切生机盎然的土地，从外表往内心深处，看到时光与年华的交错，你也许在不知不觉中已经获得无限的愉悦之感。

2020年9月30日

大海边漫步

2016年9月，我组织一批画家赴山东蓬莱艾□
生，所居之处正是临海边的一家酒店，那是□
次感受在海边漫步。

第二辑 岁月之旅

只因富贵与你无关

只因房子和病毒与你无关

只因开出的花和结出的果

都是自然界的日常事物

你弯曲着自己的睡眠

从网的中心潜入

雪落之后的身体

开始脆弱了

从黎明守候到黑夜

你误以为那一朵花

是你一直痴情的蝶

——摘自《花已非花》

东北写生记

　　去东北写生已经是前几年的事情了，回想起来，仍感就发生在昨天。受中国工笔画学会之邀，我与常务副会长萧玉田等老师共约十余人，前往辽宁本溪市本溪县、桓仁县各景区采风写生。记得是九月间，风和日丽，正是上路出游的时期，长这么大从来没往东北方向去过，那一次，我在疾驰的高铁火车上暗喜、遐思，总觉得东北是那么遥远的，这下终于算去过东北了。

　　从北京南出发，到沈阳北站下，仅几个小时，还没回过神来就到沈阳了。我似乎还想赖在车上不肯下来，感觉东北怎么这么快就到了呢？印象中的东北好遥远。我随着大家下车，站外已经有人来迎接了。我们又坐了两个小时车，才达到目的地，迎接我们的好像有本溪宣传部长，文联主席，文广新局局长，还有一些人，记不太清了。行程总共十天，一台中巴车每天拉着我们，另外加上几个领导陪着，带着我们往风景最好的地方跑，以为最好看的风景我们会喜欢，殊不知，他们眼中的风景并不是我们画中想要的景致。

　　县委领导带着我们跑遍了枫林谷、关门山、老边沟、桓龙湖、五女山、汤沟、铁刹山、绿石谷等景区，沿途一路山风，一路谈笑，不急不慢。记得在一次铺开画纸正准备写生时，天空突然下起了一阵小雨，凉风阵阵，虽十分的惬意，我们却不得不匆匆收拾画具。不料，画具刚收拾好，天空又放晴了。有的人干脆不画了，而我，似乎来了兴致，又继续打开画具，看着眼前的山水，胡涂乱抹起来。其实，根据大家的议论和精神状态，都好像没有发现最佳的写生地点，各景区游人不少，三三两两，只听到嘻嘻哈哈的声音。虽然各景区都走了一遍，但停下来写生的时间却是不多。

在本溪我们去了很多地方，但现在想来，枫林谷和汤沟，是我最喜爱的地方，那里树木繁密、山石奇特、泉水绕山石而下，时缓时急。人在山里行走，虽然偶尔有些小坡小陡，但不累，也晒不到太阳，我想，这才是我想创作中的最佳自然物象。我当时一边写生一边就想，怎样把这些山石树木结合起来，画进我的花鸟画里。心里想着，这么美好的景致，如果能"搬"回去一块，我一定能好好画一批画出来。

采风写生结束，我们从沈阳回北京，在沈阳北站发生了一件有趣的小插曲。其他人从北京走时，就把回程的车票也一并取了，就我和王裕国老师没取回程车票。一到站里，我和王老师去自动取票机上取票，我放上身份证，反复弄了半天，也没看到票出来，站在我身后的王老师说，那我先来吧。我说好。王老师刚放上身份证，票就"吐"出来了。王老师捡起票说，你先弄着，我去那边等你。我又放上身份证，还是不行。于是我询问大厅服务员，服务员说你只能去窗口取票了。我跑到窗口把身份证递给里面的工作人员，结果告知票已出。我一时纳闷，票飞去哪里了？我急急忙忙回到验票进站口，看到他们都已进去了，只有冯大中老师和几个领导还在外面等着我。我说取票出问题了。冯老师说，和工作人员说一下，先进去，再说明情况，反正票已经订了，让他们看手机里原始订票就行。我和工作人员说明情况，果真让我进去了。来到王裕国老师一行人跟前，说起刚才之事，他们也是纳闷。大家拿起行李和车票准备排队上车，突然，王裕国老师大喊一声，看着我，这不是你的票吗？我接过票一看，上面真的是我的名字。王老师说，那我的票呢？原来，当王老师去机上取票时，"吐"出来的正是我的票，而他自己的车票可能永远搁在机器里了，大家一听哈哈大笑起来……

回到北京不久，我只创作了两幅《寒风剪剪一树暗香》《疏林雨落》之后，便由于其他事情，当时"想画一批画"的初衷被搁置了下来。一搁就是几年，时光不等人，还好，我并没有忘记当时的初衷，虽然忘记了许多事，但没有忘记东北"旮旯"那山、那水、那石。

怎样把山水中的素材放进我的花鸟画里去，我一直在冥思苦想，一直在努力地实践。偶尔探寻古人，才发现，在唐宋时期的许多作品里，山水、花鸟表现在一幅画里一直就有，那每一根线、每一处着墨，让我震撼，我有点愕然。在后来的某些时光里，我便无数次穿越于唐宋与现代之间，我期望在古人的世界里，找到我想要的那一丁点艺术碎片。无论山中多么美好的景致却是无法"搬"回画室的，但我可以"搬"回所有的记忆。

我浑然不知，记忆中的山水是一直存在的。当我重新翻出这批写生稿时，我才感到记忆力里的美好和画面中的记忆，不仅可以赏心，还可养目。如果，这是一幅有生命力或者有血有肉的作品，想必也是会觉得极其美妙幸福的。以心化境，以境度人，皆为寻常之事，风景虽在远方，却是那样的流光溢彩，回忆那短暂的时光，也感觉很美好。于我而言，东北从此不再神秘，也不再遥远，那一草一木，那一山一水，似近在咫尺，触手可摸。

两个人的泸沽湖

长年进行艺术创作，也就等于长期"蜗居"在画室，不是写就是画，为了"犒劳"太太的默默陪伴，我与她商定决定去云南走一趟。我清楚地记得那一年年后，还没等过完春节，我与太太便来了一次说走就走的长途旅行。真想出去旅行时心情却变得简单而放松了，我们先飞抵昆明，中转后再飞抵西双版纳。在西双版纳写生加上游玩，已半月有余之后，我们径直去了传说中的丽江古镇。太太在网上早已订好了可居之客栈，到客栈放下行李还顾不上休息，趁着灯火阑珊的夜色，我们一头钻进了人头颤动，灯火通明，热闹非凡的丽江古城。

去过了丽江古镇的木王府、束河古镇、拉市海湿地公园、虎跳峡，以及玉龙雪山。站在海拔近5000米终年白雪皑皑的雪山上，最大的感受是，好像伸手即可触摸到蓝天白云，四周一片空旷，真可谓登高望远，一览众山小。渐而又被眼前气势磅礴的雪山，悬崖峭壁中巨大雄伟的山石所震撼。那一刻，心中突然犹如这雪山异常明亮起来，是非得失，事业大小，爱恨沉浮，如放置这雪山之上，其实皆可淡若云烟。

从高高的雪山上下来回到客栈，感觉"惊悚"的兴致还遗留在山顶上，灵魂犹如被洗涤了一次，所有的疲惫"一洗而空"，感觉精神焕然一新。常言道"自然山水是吾师"，这次我是真正感受到了自然的神奇。

旅行中的最后一站，我们租了一辆小型快巴车，一大早，退房后兴致勃勃地去往美丽的泸沽湖。听说泸沽湖是云南海拔最高的湖泊，也是中国最深的淡水湖之一，湖水清澈蔚蓝，充满了神秘的色彩。听说泸沽湖有的地方还很原始，没有被商业开发，这正是我十分向往去的地方。

经过大半天的奔波，我们终于在下午时分到达泸沽湖，住进了早已预订的湖边某客栈。坐在客栈的阳台上，就可以一览无余地观赏眼前清澈蔚蓝的湖水和湖中央的小岛。那蓝色，是我此生见过最蓝的湖水。湖边上用绳索系着两条小船，随着微风，在湖面上轻轻摇晃着。无数的水鸟欢快地叫着上下翻飞，还有湖边上一棵粗壮的老柳树，估计已七老八十的年龄了吧，苍老的柳枝垂到地面，给美丽的泸沽湖增添几分古朴。抬眼望去，四周青山峻岭，林木葱郁，层岚叠嶂，犹如穿越到了如诗如画的上古世界中。空旷的湖边上，除了鸟儿，除了旁边三两匹吃草的马儿，就只有我俩在湖边漫步了。如此寂静的地方，不免心生感慨，叹山水安稳，鸟儿永远只知欢悦，而人生却是变化无常的。

热情的客栈老板原定说晚上要带我们去参加篝火晚会的，但不料天空下起了小雨。加之一路翻山越岭、奔波劳累，我们也没做过多勉强就没去了。晚上，静听小雨淅淅沥沥，整个黑色的夜晚，我唯一的感觉是静得出奇，似乎这个世界只剩下我们俩。

从丽江到泸沽湖，再从泸沽湖返回丽江，我一直被路边的风景所吸引。尽管很多次都是在我们的尖叫声中经过悬崖峭壁上的"十八弯"，但我无法每次都让司机停下来去欣赏美景，我只能用相机拍下那些美得不能再美的，不知名的山川河流和一些很别致的村庄。当时就想，住在这里的人，岂非过着"神仙"般的日子，要山有山，要水有水，要蓝天有蓝天，要牛羊有牛羊。居住在半山腰的当地摩梭族人，周围数十公里荒无人烟，看着他们低矮的房子和袅袅炊烟，他们生活中的境况或许是外人不为人知的地方吧。

　　离开泸沽湖的那个早晨，方知客栈年轻漂亮的女主人原来是一位河北籍的诗人。她告诉我，她和她先生也是来这里游玩时喜欢上了这里的美好与静谧，便留了下来，并盘了这家客栈。夫妻俩开始不习惯，后来游客逐渐多了些，又招聘了义工来帮忙，慢慢地也就好起来了。在如诗如画的风景里邂逅一位诗人，真是一件令我十分意外的事情。我虽喜欢这里的蓝天白云，喜欢这里清澈的湖水，而我和太太终究是留不下来的，两天后的那个早晨，我们丢下美丽的泸沽湖，轻而易举地"逃"离了。

　　后来，当我回到北京创作《丽江记忆》之时，泸沽湖短暂的时光里留给我的记忆已逐渐模糊了。但车窗外那些远山，那些房舍和村庄，那缥缈中让人心醉的云烟，那从山底下悠闲自得经过的羊群，却一直储存在我的心底，挥之不去。人间无限好，不妨遥寄一片烟月，让心中的山水永远萧瑟缥缈。我只想告诉远方的泸沽湖，我来过，或许一直就在你的画里，在每一处泼墨中挥洒着自己无悔的青春。

泸沽湖
摄于2013年3月

丽江山水
摄于2013年3月

沐浴在天之涯海之角

从小就幻想有一天要背一个画板走遍天涯，潜伏于云山暮色里，在独自惆怅中笑看云卷云舒，在漫漫旅途中任凭身后的青山四季更迭。我就是那个浪迹天涯的游子，我就是那挥之不去，去之还来的一弯星月、一纸水墨情怀，多少年逍遥在与你一海之隔一江之隔啊。

当我们乘坐的国航飞机徐徐降落在三亚凤凰国际机场时，我的脑海里依然是一片湛蓝，依然是那无边的海岸线，那是深似大海的颜色，那可能也是画家笔下的大海。花开季节赴三亚，会有游人去看三亚之花么？那里也许有人们异常向往的三角梅、火焰花、文殊兰、芭蕉花，还会有什么……我心中的花朵似乎盛开依旧。会有人在海边等待花开么？而我却冥思苦想，如果可以，我一定要等待花落，等待花谢。

三亚，是我心仪已久的一个城市，因为我许多画家朋友都在这里买了房，有的如候鸟，一遇寒流便从各地飞往三亚，过完冬天又过完春天才肯离开。但它显然已不是三亚人的城市，它是中国人的三亚也是世界的三亚，可那有什么关系，赏花需要等待，相遇，才最需要机缘。虽然，一阵风，一场雨可以改变你的行程，却无法改变我们对这片大海的热爱，对一段艺术之旅的期待。沿着时间隧道，我的目光抵达的也许是一片高高的椰子林。黑夜不黑，夜晚的灯光刚好照耀你我，照耀我梦中的那片珊瑚石。

受三亚天之涯美术馆馆长、著名花鸟画家，此次画展策展人樊萍女士之邀，赴三亚参加纪念海南省建省办经济特区30周年"华彩琼崖——当代中国画名家作品邀请展"开幕式，一同前往的还有北京大写意花鸟画家李晓明、军旅画家赵进武两位仁兄。

樊萍老师是我十分尊重的一位热心肠大姐，她是一位充满诗性的艺术家。她用诗情领悟丹青之道，以心灵造就诗境，以诗境营造画境。所绘花鸟作品，均有感而发，情感真挚，清新幽静，祥和富气，高贵典雅，这是樊萍老师工笔画艺术所彰显出来的独特品质，她所秉持的艺术观念都是她内心最为真实地的写照与体验。她擅于用唯美主义色彩贯穿于她的整个作品中，使观者自觉地从她对自然物象的解读中获得绝妙天趣，质朴纯粹之美感。樊萍老师的作品中所呈现出的工匠精神对当下青年工笔画家急功近利之心态所产生的影响，应看作是工笔画界的一件幸事。

接待我们的车停在三亚嘉宾国际大酒店门口，樊萍老师与她先生、画家韩义老师，以及漂亮的天之涯美术馆办公室祝主任已在酒店大厅迎接我们了。同时，我见到了从太原飞过来并先我们一步到达酒店的另一位久违的仁兄，著名人物画家狄少英先生。樊萍老师开玩笑说，初到异乡之城，为了怕我们晚上独居而显孤单，便有意安排有着军人身份的狄老师、赵老师同住一房，我和李老师都是花鸟画家自然同住了。果然，那几个晚上，我们除了感受到三亚的炎热外，晚上睡觉的确未曾感到寂寞，我们在各自的房间里聊得一塌糊涂，也不知凌晨几点之后才睡去。

画展开幕式在我们到达后的第二天下午四点开幕，我们四位从嘉宾国际酒店出发，提前到达展览馆画展开幕式大厅。此时已汇聚了许多嘉宾和书画爱好者，画展开幕式上我看到全国各地艺术大咖云集，已是热闹非凡，一派喜庆祥和之气，气质高雅的樊萍老师在人群中穿梭，时不时地给我们介绍来参加画展开幕式的领导嘉宾和同行画家。画展开幕式在一片热烈的掌声中如期进行，此次画展受到三亚市委市政府的高度重视，尤其得到三亚市委宣传部常务副部长刑洪飚先生的鼎力支持，更是获得了三亚市民和艺术家的广泛好评，被誉为三亚有史以来规格最高，规模最大，作品水平最高的一次大展。我从山东淄博来三亚定居的樊萍老师的身影中，已领略到了她光芒四射的人格魅力，见识了她作为一位艺术家非同凡响的睿智和首次便可策划如此大展的能力。樊萍老师说："虽累却快乐。"从这五个字中，我解读出了一位女性艺术家的那份责任、那份担当、那份胸襟，那份坦然天真的品格。

美好的事物，仿佛从诞生之时就受到更多的关注，一朵花的保质期我不知到底有多久，而开在心中的花朵和掌声却是无限延期的。我庆幸在这样一个春暖花开的季节，我终于可以面朝大海，可以在开满鲜花的大海边沐浴天之涯最灿烂的阳光。

我们漫步在海边，感受柔软而精致的沙滩带给我们的喜悦，感受世界各地的游人在这里的欢乐气氛。夕阳西下，一缕淡红色的阳光打在所有人的脸上，许多外国人故意裸露着自己的肌肤，似乎要让阳光穿透心灵。许多人故意把自己扔进那片辽阔的海域，任凭涛浪拍打着自己的身体。那种"漂"在海面的惬意，我怎么没曾想进到海里去呢？许多人都在故意制造与海相遇的机会，而与花的相遇，此时可能已显得不那么重要了。同行的进武兄说："我们也下海去吧？到三亚不游泳，等于没到三亚哦。"我说："好啊，好啊！"但我们的脚步，却都迟迟只游走于沙滩边上的人群中。我不知这里是否也有风花雪月，而我此时，却已向往天上那千姿万态而多情的云，向往那浩瀚的大海里悠悠光影中的美。

晚饭时，我和进武兄都喝了三两以上的白酒，晓明兄因近期戒酒滴酒未沾。我们摇摇晃晃从车上下来回到酒店，进武兄说，休息一会，我们去游泳哦。我说好吧。酒店有两个游泳池，我和进武兄换好游泳裤，裸着上身，穿过酒店门口一个小广场，上到二楼，来到一个露天的游泳池。泳池不是太大但也刚好，水池里面已有三五人在独自游着。我想，人不多最好，许是酒店众多的老外白天已在海水中游累了，晚上懒得游淡水了吧。我们相继下水，水不热也不凉，温度刚刚好。我不记得已有多久没有游泳了，我不记得我是否还能游得动。水是蓝色的，我看到天空布满白色的云朵，云朵们连成一片，与泳池里的水互相辉映，波光粼粼，美极了。我感觉我一伸手便能触摸到云朵，云朵们好像要为我踏歌而来，偶尔变换着累崩的姿势，蠢蠢欲动朝我的方向涌来。我顿时有点后悔，第一个晚上进武兄说想游泳我就应该来的。

我的家乡属于湖区，我在河塘边上度过我的童年和青少年，记得一到夏天，我们一些小伙伴就经常自发地去水塘里戏水捉鱼。许是受童年戏水姿势的影响，这么多年，我游泳的姿势一点都没改变，仍是那种狗刨式泳姿，当状态好的时候，这个年龄还可以来回游上几十米，我自己都觉得惊呆了。我们一边游一边休息，我们在泳池里聊起了各自的艺术经历，尤其是进武兄聊他的从军经历，讲得有声有色，在他自我陶醉了一番之时，同时也深深地把我感染了。

　　一身湿漉漉地回到房间，我向躺在床上正看电视的晓明兄说："二楼游泳好极了，你明晚跟我们一块游吧。"这几日，与晓明兄交谈甚多，他的许多艺术观点我十分赞赏，他言及当代画坛现象、当今画家之争议，及师承关系等，不偏不倚，客观中肯，并时常处在对方立场考虑问题，这是十分难得的。我曾见识过一些画家，观点言论完全凭自我意识，看待事物带有强烈的感情色彩，喜欢时可以把对方捧得比天高，不喜欢时把对方贬得一无是处，这种令人生厌的心态或观点刚好与晓明兄的"中庸之道"形成鲜明对比。

　　纵有明月无数，月下美景万千，其中不乏神奇瑰丽，我想人生之许多幸事，不见得要有美景佳肴，而是有相与为乐者，观花赏月，一室同居，一池相游，坦诚相语，无所顾忌。第二晚，我们再次跃入酒店二楼泳池时，便多了一个李晓明。三个人共游一个偌大的泳池，好不快哉。不料天气突变，刹那间，风雨说来就来，如豆粒般大的雨点直线而下，疯狂地敲打着池水，池水溅起的水花模糊了我的视线。我说，不游了，上去吧。进武兄说，这点雨算什么，似乎要游到等雨停了方作罢，我看到晓明兄也在泳池一角琢磨着什么，没有任何反应。雨越下越大，一阵凉意袭来，我赶紧爬上泳池，躲到旁边一把大大的遮阳伞下。两位看我已经上去了，不得不急游过来，也躲到伞下，然后，我们像三只野鹿，相约下楼，快速穿过酒店大厅，越过走廊，飞奔进自己的房间。

人待在房间里，心似乎还留在泳池中。那荡起的水波，是否也溅到了云朵之上；那岸边怒放的三角梅，是否悄悄躲进了树丛；那星光灿烂的月影，是否记得归去的路。可惜池中无鱼，有鱼"皆知"，这样的花季，一场雨，只是为画家笔下的意境增添了几许禅意。突然脑海里飘过唐代诗人于良史的经典之句："春山多胜事，赏玩夜忘归。掬水月在手，弄花香满衣。"季节如诗的绽放里，在三亚，在天之涯，如果有人在等待花开，我愿把自己交给流年，只因等待那一地的落花。

太过美好的时光总是短暂的，三四天的活动很快就要结束了，美丽而神秘的三亚许多地方我未曾去过，因太忙不得不匆匆飞回北京。樊萍老师一直积极地敦促她的朋友给我们找到最适合的房子，希望我们买下来，那样，就可以留下来，想住多久就住多久。我想，心中的旅途其实从没有停止过，心中的花团也一直是那样温馨而浪漫的。对我，买房或不买房，对于三亚，无论春夏秋冬，无论花开花落，我想，都值得我们年年都去大海边走一走。

2018年4月17日于北京东郊

去白洋淀写生

　　说走就走的旅行，有时候是很难做到的。但那天清晨我做到了，起了个早，自驾车，驶离小区，其实只是一个念头一瞬间的事。

　　真的，想出去走走时，才知道已经秋天了，清晨的风夹着丝丝凉意，临走时夫人说，你带件外套吧，晚上会冷哦。这次我真的带了外套，我说，好吧。虽已秋天，但听闻，白洋淀的荷花依旧，今年不去，怕又得明年了。我是一个不愿意去等待的人，自小不甘落后，喜欢折腾，养成了我较急的性格。也或许，是那片遥远的"荷塘"承载了我太多儿时的梦想和我对"一花一世界"无穷倾诉的欲望，那圣洁的花朵，一直让我心存向往。

　　一路狂奔，我和我书院的画家们，沿着大广高速，一路往南。其实白洋淀距北京并不远，听了几首歌，聊了一会天，就下了任丘的高速，朋友王先生和他的车早已停在路边等候我们多时了。

　　居住在进入白洋淀渡口附近的悦荷山庄，我们要了二楼，因为视野可远可近，楼前高大而缠绵的藤蔓架被秋风轻轻地吹拂着摇曳着。我们发现，楼前楼后都是一片荷塘，水看上去浅，荷花零星点点地错落在荷叶之间。我们被仲秋的荷塘包围着，身体里突然莫名地多了份凉意，放眼望去，荷塘中的花已经很少了，荷叶开始枯萎，焦赭色的莲蓬好像弯着腰还耷拉着脸，似有害羞之嫌。我突然想起家中3岁小女如果没有如她的意，她便会冒出的一句寻求安慰的话："我现在心情有一点不高兴？"我想，现在荷塘也是吧，那种低落的表情，那种洒脱过头的气氛，谁能安慰得了这方荷塘呢？

我们漫步在荷塘边上，我多想跨越到对面的荷塘之上，如一只小小的蜻蜓，或立或在荷塘的空隙中自由飞翔。我在想，为什么莲花在我们到来之前便开败了呢？一个被王先生请来做我们导游的小伙说，明天去淀里，才能见到你们画家真正想要的荷花。是真的吗？我心里暗自期待去淀里能给我带来的惊喜。

虽然很困，一夜无眠，早早便醒来了。我们坐上快艇，船便急速开去，荡起的水波，成了一场漂亮的"水秀"。阔大的白洋淀，真的一眼望不到边，纵横交错的芦苇荡整齐划一，蓝天白云似乎伸手可得，那是因为倒影在深水中。风很大，船迎风破浪，心情大好。在快艇经过之处，荡起的水波冲击着芦苇荡中摇摇晃晃的小渔船，冲击着几只惊起的沙鸥，它们一跃而起，沿着水面，扑腾扑腾，像一位踏歌而去的江湖浪人，那般让人羡慕的潇洒。一个字，美！

其实，大自然的细节随处可见，随处可品味和可欣赏。而只有在走出画室时，在我们写生的旅途中，我们才有心去认真关注眼前的一花一草，感受眼前美丽的风景，体验自然山水带给我们的浪漫情调。此时此刻，我们只听到阵阵风声，只听到清澈的水声，只听到我们自己的呼吸，我们真的要陶醉在白洋淀的快艇上了。

看到这茂密的芦苇荡和惊飞的水鸟，我突然想起一个人来，想起他那张曾被众多人讨论过的作品——《家》。画中由一片芦苇荡、一只白鹭、四只蛋组成……想起此时此刻或许身居在南方某个山岗上进行小跑锻炼的恩师——林凡先生。林凡先生是我最尊敬和崇拜的当代艺术大家，先生所作之画，从不对景写生，却用古人之笔法作画，且笔笔从自然中来，可见先生开阔之视野与多才博学。所作山水、花鸟、人物无不推陈出新，所造之境幽深旷远，奇诡绝尘而耐人寻味。先生一生坎坷传奇，却又峰回路转，以高超之人品画品赢得美术界的青睐。先生以笔精墨妙的图画形式为读者构造了一个理想化的空间。这个空间缠绵、苍茫、绚丽、孤寂，每每读来，每每为之伤感，也为之振奋。因为先生之旺盛的精力，因为先生晚年之勤奋学习不止，先生的作品是永恒而伟大的，我想。心思回到眼前这片偌大的水域，重回秋色中的"曲折迂回"，快艇仍在忽左忽右地往前驶去。此时阳光灿烂，新鲜的空气刚好。人们常说，人在宇宙中是最渺小的，如一粒尘埃，原来，置身于白洋淀这片水域中，我们也是那么渺小。

看着这水天一色的茫茫水域，我想到了抗日战争时期，想到了白洋淀著名的水上游击队，想到了著名的"嘎子"。脑海中立即涌现出抗日游击队与日本鬼子在芦苇荡"捉迷藏"，以及把侵略者打得焦头烂额的场景。是的，白洋淀人民和白洋淀的荷花均一一见证了民族危亡之时的血与火，要是没有那些救国救民，舍家弃业，投身革命，坚持真理，宁死不屈的白洋淀人与共产党人，哪有今天祥和的白洋淀呢？突然，我对白洋淀人和这片神奇的水域不由得肃然起敬起来。

终于到了白洋淀的大观园，据说这是白洋淀荷花开得最好的地方，也是游人最集中的地方。我们虽然来得有些晚，但突然面对眼前的景象，我们还是掩不住暗暗地兴奋了一下。白洋淀左侧，一尊象征智慧、平安、仁慈的达数十米高的三面观音造像成为了大观园中另一耀眼的景观。中国莲花自古被崇为君子，一直以来中国人便喜爱这种植物，因为它是洁身自好、不同流合污的高尚品德的象征。因此诗人有"莲出淤泥而不染"之赞。我又想到了北宋哲学家周敦颐的《爱莲说》，他把莲和各种类型的人物联系起来"予谓菊，花之隐逸者也；牡丹，花之富贵者也；莲，花之君子者也。"……在熙熙攘攘的大观园中，我们可以随意贴近自然，拥抱自然，亲近自然。透过莲花，我感受自然与生命的力量，感受性灵与艺术之间的情怀，并感动于在一朵朵莲花面前或一叶浮萍面前，我们可以抛开繁杂的事物，以从容不迫的心态凝神涤心，让内心得到最好的放松与平静。

周敦颐（1017—1073年），原名敦实，别称濂溪先生，又称周元皓，因避宋英宗旧讳改名敦颐，字茂叔，号濂溪。北宋五子之一，程朱理学代表人，道州营道楼田堡(今湖南省道县)人。北宋思想家、理学家、哲学家、文学家，学界公认的理学鼻祖，称"周子"。

不可否认，我们对于自然中花鸟的热爱不仅是我们置身于这片真实的"荷塘"中，而对眼前姿态各异的荷叶，如牡丹一样盛开的复瓣荷花，感觉真的很美好。我们行走在"荷塘"边上的石板路上，荷叶几乎与人同高，我们仿佛进入某幅图画中，除了近于溺爱地欣赏，发自内心地赞叹，还有一点点内心的躁动。我想，除了拿出手机拍照，我们都有一件很重要的事情要做，那就是赶快画画，写生吧。动笔之前，动动心思是必要的。

太阳高照，学生白红为我打伞，为我撑起一片绿荫。心里虽有些过意不去，但急于写生的冲动，也就不和她客气了。古人说："师法造化、师法古人、师法自然。"古人之言，教会了我今天必与天地自然相约相会。而运用手中之笔墨营造这秋的图式，一小碟墨、一杯水、一支笔、一张卡纸，外加一点激情就够了。

我习惯直接用毛笔写生，面对自然，我从不照搬自然。写生，需要我们对自然物象进行高度概括、提炼与升华，它是锤炼我们中国画基本功和搜集素材最有效的方法；写生，其实就同等于创作，写生与创作从未分过家，同时亦是抒发胸中臆气之举。对于从小在荷塘边上长大的我，脑海中岂止有上千幅荷花的图像，但我在飞快过滤图像的同时，我还要迅速抓住眼前之物象细节与特征。注意主次、注意疏密、注意和谐、注意统一，屏住呼吸，似乎只听到毛笔在纸上勾画的声音。我寻求着与每一朵花、每一片叶的对话以及与一切物象之心灵感应，那种高洁、那种肃然、那种简朴，那种从容，不就是我们每一位画家所需要却又很缺失的吗？难怪宋人赵佶连皇帝也不愿意做，却独爱这尘世间的花花草草，并献身笔墨情怀。

就在我刚画完最后一片花瓣时，猛一抬眼头，花呢？赏花之人和观画之人都笑了，原来，花瓣已经掉落荷塘深处了，花掉了，我的写生稿也刚好完成了，那么恰到好处。我的画面中虽是杂草、残枝、落花、败叶，但处处透着生机、透着活力、透着芳香，还有那摇曳的秋风，还有那为我打伞之人。一切一切，都在我长久的记忆里，都在我不期而遇的那一刻化为来时的喜悦。我想，我的作品，我的写生，便是我最为真实和最为真切的表达。

　　写生就是写心，我很庆幸自己是一名画家，也很庆幸在这样一个忙碌的日子里，有一群志同道合之人，有这样一种说走就走的状态，也成为我出去写生最好的一个理由。

我的天津之旅

2008年春节前夕，我拨通了天津美术学院教授，著名画家霍春霍老师的电话，霍老师是我在天津美术学院研修时的导师。我打电话给老师，主要想跟老师约一期稿，在我创办并主编的《国画收藏》杂志上发表先生作品。

霍老师很快接通电话，他说在外地，让我寄本杂志先看看，我说好。由于当时刚出版了一期创刊号，我很快便给霍老师寄去了。没想到过来几天，记得是2009年1月24日上午09：06分，霍老师给我打来电话，说：杂志收到，看了编得不错。并还在电话中简短地说我作品水平比以前进步很大，整体面貌出乎他的意料，构图，色彩方面均运用得较好，说我对生活有了新的感悟才有此进步，并祝我新年快乐，家庭幸福。最后说约稿之事他最近太忙，要等等。我说那就等春节我到天津给您拜年见面再说吧，霍老师高兴地答应了。

刚过春节的头几天，我想起拜年和约稿的事情，于是又给霍老师拨电话。老师说，你过两天来吧。2月2日上午，我从北京通州出发，坐上了开往天津的大巴车。由于不熟悉路，几经辗转，终于在傍晚时到达天津美术学院。刚走到美院大门口时，早已等候我多时的美院同学寇艳起连忙迎了上来。我们没有急着去拜访霍先生，我跟同学老寇说，我们明天去见霍老师吧，晚上等会吃完饭去见见另外一位老师。在天津美院马路对面，我和老寇也是好久没见面了，两人点了几个菜，要了几瓶啤酒，边吃边喝，边喝边聊。吃完晚饭，我买了些礼品，两人一起来到天津美术学院教授王振德老师家。王老师家我在研修时就已来过多次，但是在春节期间夜里给王老师拜年却是第一次。王老师说起来是我的一位忘年交朋友，我在东莞工作时，因为当时主编的一份《南方艺术报》而结识了他。其间经常书信往来，并给王老师以专版形式在报上推介发表。后来，王老师对我甚是厚爱，还专门为我的绘画作品写了一篇评论文章。

王老师是一位非常健谈的人，在王老师家，我们足足畅谈2个多小时，从生活聊到艺术，从艺术聊到艺术市场，直到我们离开时，似乎均未尽兴。我跟老寇商量，来一趟天津不易，看看还不太晚，还想再去拜访另一位老师。老寇说，随我，怎样都行。我于是给天津美院教授，著名山水画家吕云所老师拨电话，结果吕老师家电话一直不通，故只好做罢。我们慢慢走回美院招待所，已是九点多。

一夜无眠，我同老寇同居一标间，聊到深夜才入睡。第二天一早，我们外出吃完早餐，我便给霍老师打电话，我说，我已在美院大门口等您了，中午请您一起吃饭，您什么时候过来？霍老师在电话中回答说：我十一点半到吧。

抽了个空隙，我与老寇步行去了美院附近的美联书店，询问我的几本画册及杂志在书店销售情况。书店老板说，你拿过来的画册和杂志都卖得不错，杨柳青画社出版的那本画册只剩一本了。老板说，你有空再发些书过来。我说好啊，高兴之余在书店看了看书，多逗留了一会，不是老寇提醒，都几乎忘了和霍老师的约定。

我们连忙往美院门口走，边走我边打电话给霍老师。霍老师说提前到了美院门口，没看到我，就去了附近的经纬艺术馆，让我去经纬艺术馆吧。于是，我们来到经纬艺术馆，在严寒的冬天，我们终于见到了霍老师。一番握手，一番畅谈，一番喝茶，虽然与老师久别，却并没有生疏之感，霍老师讲话时常幽默一下，见面聊天的气氛非常好。随后，我们一同走到美院对面的润泽园酒家，要了一间包厢。我另外还约了天津美院国画系的陈福春老师，请他一起来陪霍老师，没多久，陈老师如约而至来到包厢。

吃饭时，霍老师对我当前取得的成绩大为赞赏，对坐在他右边的陈老师说："未君不仅是个画家，还当起了社会活动家，办刊办报，湖南人很聪明，他组织能力很强，未君在美院上学时的那股干劲和聪慧就已经显现出来……"我连忙说，霍老师夸奖了，但心里听了还是蛮高兴的。后来，霍老师还询问了我办杂志的初衷，我认真地把我的想法一一对他讲了。霍老师听得很仔细，不时点头表示赞同。为此，我们边吃边聊，与霍老师多次交换办刊的意见，征得老师认同。

后来，霍老师再一次聊到中国画艺术，聊到孔孟老庄哲学对绘画的影响，我听得很入迷，使我又在不知不觉中聆听了先生一堂精彩的"讲座"。霍老师勉励并希望我继续把杂志办好，尤其对我的创作寄予厚望。

吃完饭时已是下午1点多，我们一同随霍老师到美院他的工作室。霍老师刚一推开门，我便被眼前的景象"惊呆了"。几年没来，老师画室里的书更多了，真是用"堆积如山"一点也不为过。整个画室里堆起来的书足有一人之高，中间只留出一条窄窄的通道，在里面走动时，几乎都要侧着身子方可进去。靠墙有一排书柜，书柜前一张画桌也几乎被书全部占据着，只留下中间一巴掌大的地方，我心里想，这和一个小型图书馆没什么区别了。坐下后，霍老师再次翻看我主编的杂志，而且每一页都看得较为仔细。然后，根据我杂志的栏目，我对老师做了一个简单的一问一答式采访。

最后一个环节，我要亲自给霍老师拍封面照。我们走到室外，离校门口不远的地方有一处巨大的太湖石，我觉得很好，就准备在此拍摄。天津的冬天还是蛮冷的，稍许微风出来，都有一种刺骨的感觉。但我没想到，霍老师对待这件事的认真超乎我的想象，他居然脱掉长长的羽绒服，只留里面穿的一套西服。于是，霍老师在我的"指挥"下，不停变换姿势，我迅速按下单反相机的快门，给老师连续拍了不少照片。老师积极配合我，我们边照边说笑，这么大的一个艺术家，一点"架子"也没有，看得出来，霍老师今天的心情也非常好。

下午3：35分，带着喜悦和满满的收获离开天津美术学院，我也和老寇互道珍重，各回各家。我从美院对面的马路边拦了一辆的士至天津东站，穿过熙熙攘攘地人流，我顺利地坐上"和谐号"返回北京。

2009年2月22日

关于年龄的心灵鸡汤

关于年龄这个话题，对于女性，一般不会轻易告知别人，或以打趣的方式进行"保密"。我们从女性艺术家的简历便可窥见一斑，十个人里估计有九个是没有写出生年月的。但对于男人而言，却好像有意要告诉别人，十个男性艺术家里，其简历里有九个都会写上出生年月。

我出生农村，在农村读书生活，记得二十几岁便离开家乡，南下北上二十多年。因出生于那个年代，从小干农活，帮忙做家务是常有的事，或许叫"穷人的孩子早当家"吧，我的性格里明显带有几分少年老成的特征，加上我年少白头的缘故（记得中学还没毕业好像就发现已有几根白头发了），在同龄的孩子当中，我属于较为成熟型的那类。

我还属于典型的湖南人的性格。比如"恰得苦，霸得蛮"，所以，从小便懂得生活的艰辛，从小便十分自信并努力向上，立志要走出去。成年之后，由于广泛的兴趣爱好和坚定的特长，不论在哪工作，都尽可能发挥自己的优势。所以，自我感觉在事业上还是比较顺利的，在最青春的岁月里虽然也经历过些许磨难，但那些磨难已成为我走到今天最为宝贵的财富，而唯一不太顺利的是之前的婚姻。

当我再婚生下我家丫头时，我已走过不惑之年。其实，我心态还算是比较好的，恭喜自己"老"来得女，并在六年之后，再次"老"来得子。虽然有压力，也深感肩上的"任务"艰巨，但也其乐无穷，在感叹世事难料之余，却也能安心的享受这份家庭的天伦之乐。

有点扯远了，还是写写关于年龄的心灵鸡汤吧。

十多年前，我从广州来北京的第二年。有次从外面回小区，天空下着不大不小的雨，朋友给了我一件雨衣让我穿着，不想刚走到小区大门口，就迎来一场倾盆大雨，眼看到家只有一步之遥，无奈只好到保安室躲雨。保安室一位大爷点着一支烟问我，大兄弟，你多大年纪？我就说，您猜呢？大爷说，您有六十了吗？我听了一楞，心里有些不悦。但连忙狡黠地笑着说，前几天刚过的六十生日呢。大爷说，那您看上去不像，也就五十多点，还年轻着呢。我离开保安室，回忆大爷说的话，都快要笑晕了。

几年前，我家丫头她妈邀请她一位律师同学来北京玩几天，我便开车自驾带她们去北戴河玩。几个小时后，我们便现身北戴河某处饭店，北戴河一群朋友热情地接待我们吃中饭。吃饭时，朋友的朋友吴总由于第一次相见，便问我年龄。我又是同样的话，您猜猜看？吴总坐在我对面，仔细地端详了我一番，然后说，未老师五十四五岁？我笑而不答。我朋友接话说，未老师73年的呢，属牛。吴总一听连忙说，难怪看上去，没那么大，顶多四十多点。我说吴总您真幽默，说完，大家哈哈大笑起来。

没过多久，我家丫头到了上幼儿园的年龄，我经常去接送她上下学。几次进到幼儿园，上三楼，去丫头的教室门口接她。上楼梯时，刚好碰上幼儿园老师带着一群小孩下楼，幼儿园老师很有礼貌地对小朋友说：叫爷爷好啊。小朋友异口同声地喊起来：爷爷好！我去接的分明是闺女，却把我当爷爷看，真是让我哭笑不得。后来，没特殊情况，我尽量让孩子她妈去接送孩子，不是担心尴尬，而是担心让丫头难为情。因为有次丫头放学时，一个同学就问我家丫头，那是你爷爷吗？我丫头大声地回答到，是我爸爸，他有那么老吗？

有次我去楼下超市买菜，途中遇见一大娘在带孙子玩，看到我提了一袋鸡蛋，便问我，小伙子，鸡蛋涨价了吧，多少钱一斤？我说，不贵的。回来的路上心里虽然有些纳闷，但还是抑制不住的喜悦。但愿我还生活在"小伙子"年代，但愿我，心永远年轻着，有不老的时光陪着我慢慢走远。

前几天，一个周末的下午，我抱着刚满一周岁的儿子，带着已经上小学的丫头下楼去遛弯。丫头骑着她舅妈新买的玩具车，为了显摆抑或为了交到新朋友，她故意在一个与她年龄相仿的小姑娘面前晃悠。带小姑娘的大人是一位奶奶，旁边还有一位奶奶也在带孙子玩，她们看到我带着一女一儿出来玩，便很羡慕地和我打着招呼，聊起天来。带孙女的奶奶对我说，你这是带孙子吧？还没等我回答，另一位奶奶说，这哪是爷爷，肯定是爸爸，年纪也不大啊，只是白头发多了些。我笑着说，我这是老来得子呢，哈哈。

由于经常性的熬夜创作或许加之遗传因素，当两鬓早已布满白发时，我大概知道我的年龄确实不小了，但说起老，我觉得还有点为时过早，至少自我感觉心态是年轻的，我觉得这很重要。作为独立的艺术家，我希望自己还是那个为诗疯狂的少年，还是那个不断折腾的青年，还是那个不食人间烟火的艺术追梦者。在大力推进文化建设强国的新时代，作为一位新阶层人士，我应该还有许多梦想，还有许多期待的目标等待我去打拼。我想，有梦想，有追求才是人生当中最重要的，年龄一直都不是阻碍一个人进取或者发展的问题。恋爱，结婚，生子，读书学习，创造人生价值，一直都不在年龄的"管辖"之内，唯有时光我们不能浪费，不能使肩上的责任和使命搁浅，不可误了韶华。

男人，有时需要饱经风霜，才显得沉稳、成熟、大气。男人，有时需要一点点老成，在不卑不亢中显现含羞内敛，在践行社会核心价值观时心胸开阔或者意志坚定。成熟男人，更是一种气质、一种境界、一种丰富阅历，一种宽容自己温馨别人的标志。男人因成熟才会优雅，因为优雅才会让男人更具活力。似乎一切都在成熟男人的掌控之中，快乐和幸福，有时也志在必得。有人说，快乐是一种能力。我想，老男人淡定的成熟也是一种能力，是一座山，博大而深沉。他的脸上，一定抒写着一种别有的睿智、执着与高渺……

窗外，火红色的梧桐叶子在初冬的阳光下随风摇荡，惊艳了许多人的眼睛。但我知道，很快它将逐渐飘落而下，却是我最为欣赏的那种很男人式的飘落，成为一道美丽的风景之后，大大方方地融入这片我们爱得深沉的土地。

2020年11月5日深夜

站在阳光能照耀的地方

2017年11月，一学生带摄影师朋友来宋庄工作室喝茶，
也顺便给摄影师做了一个下午的模特。

第三辑 卷首低吟

剩下的岁月和一些似曾相识的回眸

在我转身的刹那

早已越过夜的云朵

赞叹的声音就这样无声无息地

进入体内

平静

浪漫

面若桃花

——摘自《春天的表情》

享受孤独的方式

　　来北京，整整一年零三个月，我在为这一年的时间忙碌着。先是考入中国艺术研究院研究生院郭怡孮工作室学习，然后根据教学计划，入学三个月后去云南西双版纳写生待了一个多月。由于家中有事，我不得不离开朝夕相处、一同写生的同学们，在寒风中独自飞回北京，再一次置身于这个古典、博大、柔美、抒情而偌大的城市里，就仿佛做了一个梦。梦中也许少了感动、少了怦然心跳、少了逝水年华的追忆，少了曾经一生一世的相守相依的承诺。漂泊的心灵任意游荡着，客居在城市的一角，蓦然回首中，那些渐次模糊的心路故事，已如岁月浮萍……

　　我曾任教于广州某高校三尺讲台之上，理应循规蹈矩，我却生性是一个喜欢折腾的人，加上看了一部电视剧《大染坊》，使我决定要学剧中的一号人物小六子去"纵横天下"。于是，我毅然辞职离开广州。北上前夕，我去江苏举办个人画展返回广州，在广州天河一酒楼里，广东省文联专职女作家、诗人西篱女士约我吃饭。她很认真地对说，"未君，你现在大学发展不是挺好吗？非要去北京吗？"我告诉她，我生命中许多有意义的东西可能就隐藏在那个北方最大的都市里，换句话说，我生命的意义可能在另一座城市更能得到体现。西篱

116

老师看我走的决心很大，只好说，"未君，记住哦，城市越大，人越孤独的。"我说："我是个喜欢挑战自我的人。"

现在，我老是记起西篱老师那句很是伤感也很是别有心意的话。其实，我岂止现在才读懂了"漂泊而沉重"的含义？但我别无选择，在北京，我拼命画画、读书、出画册，举办个人画展……然后，又在一个偶然的日子里，谋划着做一份很有分量的杂志……

对于艺术，对于人生，我曾默默反思，我的性格仍然无法摆脱那种旧文人宿命般的触感，但我坚毅的性格告诉我，我有足够的文化自信让我去做好每一件事情。就如同展现在大家面前的这期《国画收藏》，她是我凝聚两个多月心血的一个缩影。就像一个新生的婴儿，她的身上更多地浓缩了我多年从艺路上跋涉出来的那种文化品性。她的形象凄美而高贵、她的情感细腻而真实。我想，我有更大的勇气和耐心以原始的艺术形态去诠释这个时代给部分艺术家们所带来的尴尬，而让更多的人品尝到一种传统艺术的快感和欢乐。

夏天的阳光悄悄打在你的脸上一如你一往情深的目光打在这期精致的杂志上，让你心跳不已。你无怨无悔无憾地走了进来，因为爱上艺术，爱上《国画收藏》，让你惊喜地一次又一次邂逅那动人的花朵，让你一次又一次流连在那雄伟博大的山水之间，让你观赏于名家笔下的世事红尘……在这个有点别致的假日里，因为汶川大地震所带来的震撼与伤痛，也因为北京奥运赛事所带来的激情与狂热，你会发觉所有的选择，忧伤得如此美丽，美丽得如此忧伤。

我们悬浮于这个热闹的城市中徘徊，年复一年，再逢又一年，我们重叠往昔的影子，笔底落花、梦痕稀，留年似水，孤独顿然是一种美丽。在寻寻觅觅中走过春夏秋冬，我知道我要做什么，那是因为我知道我心底深处最需要什么，对自己的追求从不轻言放弃。

在今天，让一份艺术杂志，承载更多的社会责任或者生命内涵也许并不过分。我想，不管在什么时候，我们都不能低估了一份艺术媒介的力量。在《国画收藏》里，我们能够捕捉到的是一种对艺术的虔诚与学术价值，还加上艺术家们那么一点点各自不同的"趣味"。具有高品位，才能有更高的精神追求，生命中的另外时光，需要大家来打点，在你遥远的视线之外，让一本杂志成为你感动的一道风景，让高雅艺术，成为你和我"纵横天下"的目标。

天津美术学院国画系原戏主任颜宝臻教授对我说："未君，现在杂志太杂了！"而我说："千里黄河，大浪淘沙"，"触日横斜千万朵，赏心只有二三枝"，挥走岁月的尘埃，留下心中的沉静。后来，我独自赴中国艺术研究院研究生院导师郭怡孮教授家中拜访，郭老师说："未君，干吧，我作品的反转片都交给你，我支持你……"

我始终相信，一种信念、一种策略、一种思维方式，甚至一个想法，就可能改变一个人。就如现在，似乎有一种力量，正一点一点把我带到另一个梦想中去……在北京，我只是以自己的方式，为艺术的明智简单而"孤独"地生活着，孤独的滋味亦如一杯红酒或者一杯清茶。

刊于2008年9月《国画收藏》杂志卷首语　创刊号

在灯下，我翻开一本书

　　一个朋友问我，你那时怎么会写起诗来的？问得我莫名其妙，是啊，我怎么会写起诗来的？我冥思苦想，终于想起自己写诗的原因，应该出自那本罪魁祸首的琼瑶小说《碧云天》。《碧云天》讲述了一个美丽善良的女孩萧依云与俞碧菡、高皓天三人之间一场生生死死的爱情悲剧。故事缠绵凄婉、感人至深，读得我泪流满面。那年，我十七岁。那是一个为诗歌疯狂的年代，顾城、北岛、徐志摩、海子、舒婷、席慕蓉，以及泰戈尔、歌德、雪莱、普希金等人的名字成为当时诗歌文化的一种象征，也成为我在灯下翻读的偶像。没多久，我便不自觉地开始写起诗来，并发表了大量的诗作品，如同《碧云天》中俞碧菡快乐地歌唱："我曾深深的爱过/所以知道爱是什么/它来时你根本不知道/知道时已被牢牢捕捉……"

　　诗的年龄是何等的可笑也是何等的多愁善感。后来，我告别诗歌开始写小说。我总喜欢在灯下，翻开一本书，翻开夏洛蒂·勃朗特的《简·爱》、大仲马的《茶花女》、列夫·托尔斯泰的《安娜·卡列尼娜》，也翻开了我生命中那独特的一页。那一年，我27岁，我创作了《风花雪月》《让爱作证》《我要死了》《西安旧事》《深圳情结》《青天白日梦》等十多部中短篇小说。在南方，在那个用玻璃墙垒起来的现代化都市，我把一种智性的思索，化作城市边缘的一种生命憧憬，关注着能与浮华社会抗衡的珍贵的人格力量和精神支撑。而当我埋读于自己被凝视中的灵魂，当我于文化浪潮中挣扎的时候，我才开始真正去了解自己，并独自解剖着一个善于挑战的生命个体。我只是发现当往昔的记忆与收获成为一种岁月符号和牵挂之后，我们是否还会在多年后去萦怀那些曾经心痛过的生命风景，那种"泪水打湿双脚"的感觉？或许，真是"晓夜初雨，幽梦凭栏处，一支碧涛春流去，此后缠绵无谁寄"。

此后，我不再写诗也不再写小说，我坦然做起了画家。我把灯下的书换成了《论语》和《道德经》。我也从南方迁徙到了北方，同时也翻开了一本厚厚的《中国美术史》。我翻开魏晋、翻开唐宋元明清，一直翻到现代。我与孔夫子对话："君子不重，则不威；学则不固。主忠信。无友不如己者，过，则勿惮改/智者乐水，仁者乐山；智者动，仁者静；智者乐，仁者寿"/"质胜于文则野，文胜于质则史，文质彬彬，然后君子。"我再与老子长谈："道可道也，非恒道也。名可名也，非恒名也。无名，万物之始也；有名，万物之母也"/"天下皆知美为美，恶已；皆知善，斯不善矣。成功而弗居也，夫唯弗居，是以弗也。"我也常在灯下聆听禅宗祖师慧能的天籁之音："菩提本无树，明镜亦非台，本来无一物，何处惹尘埃。"当酒酣而返，却发现所熟悉的现实世界已经过去千年，那些触摸不到的存在，只是一些围在生命栅栏里的沧桑，而我只能与青藤白阳、八大、伯年对酒当歌，临池磨墨了……

古人云："不读万卷书，不知道理之渊博；不行万里路，不知天地之广大。"我突然忆起导师霍春阳先生的一句话："衡量一个人学问的高低，并不是看他读了多少书，而是要看他用哲学的头脑提炼了多少，容纳了多少。"人生就是一本书啊，这本书太长、太厚、太沉、太重。翻一页可能是幸福，再翻一页可能是不幸；翻一页可能是快乐，再翻一页可能是伤感。但无论什么人，什么原因，都必须拿起这本书，看一遍或读一生。此时，夜黑天高，寒风凛冽，窗外隐隐传来黄江琴的二胡曲《黄玫瑰》，美妙而低沉的旋律似在诉说一段千古绝唱。在灯下，我正静静地品读一本属于自己的书，这是一本洁净的书，画家们灿烂的笑容和笔下灵动的图画，让我感动并快乐着。作为一个男人需要有"纵横天下"的胆量和勇气，作为一个女人需要有"梦寐以求"的幸福和安宁，作为一个编者需要有"决胜千里"的完美和充满智慧的灵光。我想，每个人都有自己的一本书，每个人的书都有它独特的一页，而我翻开的——当然是自己这本了！

刊于2008年12月《国画收藏》杂志卷首语　总第2期

智慧的收藏

  2007年10月12日至21日，风靡国际艺术品收藏、拍卖、购买的顶级盛会——国际艺术精品展览会首次着陆亚洲、登陆时尚之都——上海。在拥有50多年历史的中俄建筑——上海展览中心盛大举行。中、美、英、法、日、意、新等15个国家、40多家全球顶尖艺术画廊将全球顶级艺术珍宝带入中国，使各领域的世界艺术珍品和奢贵品牌，散发出各自迷人的魅力。从而掀起了国内又一阵艺术投资与收藏热潮，也同时给人们带来无与伦比的精美艺术与奢华富世的精神享受。

  艺术无处不在，虽然"艺术"是抽象的，却可以引起人类情感的强烈共鸣。当代艺术家们以其杰出的原创精神和人文思想，创作出了独一无二的震撼心灵的艺术作品而受到藏家追捧，继而成为皆大欢喜和皆享财富的快乐源泉。德国美学家本雅明说："艺术收藏，是一种昂贵的热情。"是的，收藏需要勇气，需要胆量，需要金钱，需要时间，需要智慧。一件优秀的艺术品在收藏家的手里，已被赋予了高贵的灵魂和典雅的气质，那种气质和典雅，彰显出的却是一位收藏家高贵的品性与睿智的民族文化内涵。

  目前，在众多需要赠送的礼品中，绘画艺术作为高档礼品已成为当今时尚，尽管奢侈，但它的价值自然有着其他礼物不可替代的深意——因为那代表的是一份你愿意用一生一世坚守的，覆水难收的情感的象征，个人生活品质的象征，以及财富的象征。它绝对是一份与众不同的能够增值的礼物。可以说，艺术品最能经历时间的考验，是最好的投资。因为无论你投资与收藏，都将从中获得生命最珍贵的体验。从某种意义上说，最特别的也就是最奢侈的。正如艺术品的价格，无论高低，从我们第一次将它收藏时开始，它在我们的心中就有了特别的寓意。你发现，喜欢奢侈艺术品的人们，比一般人聪明啊。

或许每一件艺术品都掩藏着艺术家一段鲜为人知的故事，艺术家将灵魂存就于作品中，对欣赏者倾诉着自己的心事与秘密。一件收藏品，便是一段历史的延续，是一种快乐与文化的珍藏。收藏一件艺术品，便冠上了你的性情和独一无二的思想。每位收藏家都在自己所选范围内探寻极致，在不断学习中精炼藏品，在探寻中获得思想的升华，在精神生活中获得巨大的成就感。因为，你收藏的或许是一段优雅的风情，一段不平凡的人生历程。你将为你的收藏感到自豪与窃喜，因为你的生活品质已上升到一个新的高度，因为你总是与奢侈中的艺术品一见如故并且一见钟情。

你也许收到过鲜花，收到过其他廉价或贵重的礼物，但我不知道你是否收藏过艺术品？收藏过因爱情给你带来的美丽遐想：在一个灿烂的春天的早晨，你们在路上，因《国画收藏》杂志而偶然相遇，一份情缘因此千回路转，不经意中流落到此，你们搀扶着姗姗来迟的爱情，穿越北京，穿越天桥，穿越风驰电掣的地铁列车，在寒风中的北京相互依偎相互取暖，你们收藏起彼此真挚灼人的目光，你们从此读懂"收藏"原来还有另一层含义……这只是一个生活角落中的镜头，但带给我的却是一夜难眠。我用心制造并收藏起这个简单的故事。我心里明白，我每天收藏的，是对艺术永远无法割舍的痴迷、是对心路历程中那一段岁月的痕迹与快乐的呵护。

刊于2009年4月《国画收藏》杂志卷首语　总第3期

允许浪漫，严禁伤感

自读了古希腊哲学家柏拉图与老师的苏格拉底之间这段故事后，感慨良多。相信读过此篇文章的人都会有所启发。

柏拉图有一天问老师苏格拉底：什么是爱情？苏格拉底叫他到麦田走一次，不许回头。在途中要摘一棵最大最好的麦穗，但只可以摘一次。柏拉图原以为很容易 ，但最后，他垂头丧气地空手而归，原因是：看到了很不错的，却不知是不是最好的，就没有摘，当继续往前走的时候，又发觉总不及之前见到的好。原来麦田里最大最好的麦穗，早就错过了。于是，什么也摘不到。苏格拉底告诉他：这就是爱情。

之后又有一天，柏拉图问老师苏格拉底：什么是婚姻？苏格拉底叫他到树林走一次，不许回头，然后，在途中取一棵最好用的树材，而且只可以取一次。柏拉图于是又照着老师的话去做。半天之后，他拖了一棵不算最好也不算太差的树回来。苏格拉底问："这就是最好的树材吗？" 柏拉图回答：因为只可以取一棵，好不容易看见一棵看似不错的，又发现时间、体力已经快不够用了，而且害怕空手而归，因此也不 管是不是最好的，就拿回来了。苏格拉底说：这就是婚姻。

还有一次，柏拉图问苏格拉底：什么是幸福？苏格拉底让他穿越一片田野，去摘一朵最美丽的花，仍然是不能走回头路，而且你只能摘一次。许久之后，柏拉图捧回一朵比较美丽的花，苏格拉底问他：这就是最美丽的花了？柏拉图说：我摘下了它时，认定了它是最美丽的，虽然，之后我又看见了很多很美丽的花，但我依然坚持我摘的这朵是最美的。苏格拉底最后对他说：这就是幸福。

　　我们追求眼前的，却往往忽视过去的，我们留念在大街上雨中奔跑的浪漫，却往往忽视那些角落中的冷冷忧伤；我们埋怨感慨没有找到最好的爱情，事实上却一直在历经传奇……许多人发现自己，在爱情、婚姻与幸福之间，爱不得，不敢爱。其实越过去，展现在你眼前的原来是一道亮丽的风景。人生，需要太多的勇敢和逾越，因为你穿越的不仅是柏拉图脚下那片麦田，穿越的是你思想中的灵魂。10年前的事拉回眼前，你会突然发现也只是弹指一挥间，生命中别样的2008其实已开始成为记忆中的一部分，那随风飘荡中的一些事，一些人已经成为过去。

　　我习惯把情感和艺术一起看待，善待情感就是善待艺术。两年北京，出版两本画册，求学于中国艺术研究院研究生院之后，最后"独栖"在一个叫北京台湖国画院的地方，算是完成了对漂泊中"自我"的一次小小检阅吧。新著《跟名家学技法·名家未君工笔花鸟》作为我本命年的一份最大的礼物，我是欣喜的，欣喜的原因是我发现自己居然可以在宣纸上涂描几笔的，从《"自然生活"到"艺术表现"》，算是感悟也算是实践心得。

　　事实证明，艺术无处不在，哪怕在故乡，在幼小的心灵深处；哪怕在异乡，在北京的大街小巷；哪怕在远古，在柏拉图的树林深处……

　　我的幸福不是柏拉图穿越田野之后去摘一朵最美丽的花，不是在工作室自由地画画和阅读，而是如果可以每天走一走故乡那盘绕至远方的小路，闻一闻那泥土的芬芳，我认为那是一种奢望。不管你的幸福是什么？不管你的爱情离你还有多远？我告诫本命年的朋友：2009，允许浪漫，严禁伤感。

刊于2009年9月《国画收藏》杂志卷首语　总第4期

永远的麦田

　　庚寅年春节某日，我在北京王府井一影院看成龙的电影《大兵小将》，印象中知道电影里大概讲了一个战国后期的两个小国在敌对大战中，一个小士兵抓了一个大将军并押他回国领赏，一路上千辛万苦，之后回到自己国家的一个这样的故事。电影中的许多情节我已模糊了，而"怯弱"的士兵（成龙饰）回到梁国却被秦国射杀，在他梦寐中穿过那片金黄色的油菜地时，我当时眼睛一亮——多美的春天！那不就是我儿时玩耍的油菜地吗？那不就是我年少时诗歌中的油菜地吗？每当春暖花开时节，我家乡屋前屋后的田野里，大片大片地开满了金黄色的油菜花。儿时天真无邪的我，在那片宁静而春光灿烂的油菜地里，也曾憧憬着要凭手中之笔立志走四方的梦想。

　　也是某日深夜，我坐在画院工作室的阁楼上，从一本杂志上重读了海子的诗《面朝大海，春暖花开》："从明天起，做一个幸福的人/喂马、劈柴、周游世界/从明天起，关心粮食和蔬菜/我有一所房子，面朝大海，春暖花开……"我几乎不忍用眼睛去正视海子的诗，不忍用手去触摸海子的每一个伤感的文字，因为每一处文字下面，都蕴藏着海子灵魂深处那一份纯洁的疼。少年天才的海子离我们一去便是二十年，这二十年里，我不知道海子在干什么，或者又创作了多少伟大的作品。他几乎毕生都活在金黄的麦田与无垠暗夜的诡谲之中，因为他朋友很少、北京的诗界并不承认他、很多年他只是北大的一名讲师，当所有人都在外出打工赚钱寄回家的时候，海子寄回家的却只是一些零碎的字句……但他："从明天起，和每一个亲人通信/告诉他们我的幸福/那幸福的闪电告诉我的/我将告诉每一个人……"读到此处，我的心开始为之震动，为之流泪，为之伤感。我忆起，我也曾为诗人，在二十世纪九十年初，我也曾进行过疯狂地写作，也曾为中国的诗坛呐喊，海子、西川、顾城、北岛、车前子……那一串诗人的名字至今记忆犹新。后来，我写小说，再后来，在南来北往的辗转中我扔掉文学专事绘画，我曾心碎地告诫自己，让诗歌永远留在我年少的记忆中吧。

但现在，海子的诗又让我回到从前，似乎只有我能读懂海子，也似乎只有我在聆听海子那长长地述说："给每一条河每一座山取一个温暖的名字/陌生人，我也为你祝福/愿你有一个灿烂的前程/愿你有情人终成眷属/愿你在尘世获得幸福/我只愿面朝大海，春暖花开。"孤独时，总感觉有一种忧伤挥之不去萦绕在心里，这种忧伤也许是清雅，也许是天真，也许是不羁，也许是无奈、也许一如河边的垂柳拂过后的痕迹，我庆幸，诗人海子死得很尊严，尽管他无比的懦弱。我庆幸，我比海子坚强，除了写作，我还能坐在画室里安静地画画或游历四方，还能用画笔喂养我的房子和一日三餐。我常在半夜起床翻开我的《国画收藏》，就如同翻开海子的诗歌，翻开那片充满"前程"和"祝愿"的金黄色油菜地。

刊于2010年5月《国画收藏》杂志卷首语　总第6期

九月心事

　　九月以后的艺术市场，是不平静的，各大拍卖行争相收购拍品策动秋拍，各画廊开始忙着收购画家作品竞买，各收藏家在茶余饭后也开始慧眼继续"扫描"有潜力的年轻艺术家……当下，艺术品已成为众多奢侈消费品的一部分，一经出现，便成为了物质阶层人人追逐争相索求的物品。艺术为了更加出名，往往以拍卖的最高价位而荣耀。艺术品在为社会的辉煌带来无穷欢乐的同时，也为众多人带来烦恼——因为不是人人都可以消费那些价格远远高出心中之想的物品，然而，虚荣心得不到满足怎么办？于是，造假事业应运而生，赝品市场热闹一时，成为艺术品消费的"绝对"第二大市场。这个世界上，的确有些东西是可以模仿和伪造的，然而，卓尔不群的画家性情、及其独特的思想是永远无法复制的。我是以一个自由画家的身份，来接触传媒的，点点滴滴收获着伤感与喜悦，同时见证了不可复制的传媒人的理念和精神，见证了这个不可复制的艺术舞台，那是我怎样的一种不离不弃的心结。古人云：澄怀观道，静处求之。我想，只有"艺术品位"才是体现中国文化内涵最首要的因素吧。

　　突然离开台湖国画院，编辑部搬迁至北京以北著名画家林凡先生所居碧水山庄旁，算是了却了王影阿姨的一番心愿。北京以东，我依然记得那个休闲广场，每天夜里，百余人从四面八方来到这里，跳舞的居多，舞蹈有集体舞和双人舞，有推着三轮车来摆摊卖一些小玩具的，有在一旁拉着二胡唱京戏的，有在一旁玩扑克牌的。也许，人类最初的时光就是这样，淳朴的人们，把这种旋律当成自己生命中的一部分。这是个炎热的夏天，谁都不会感冒，狂欢的音乐声中，男人和女人在一起，老人和小孩在一起，有情人有缘人在一起，我合上书，停下手中的画笔，离开画室，慢慢地走出那扇时刻准备开启的铁门，人群中，我只看到一个人的影子。

有时候，远离世俗的纷繁芜杂，跳脱出日常生活的轨道，则可以换来一份轻松的心境，寻找对生活不同的感悟。2010年8月14日，我乘南航班机抵达武汉，在那个炙热的阳光下，是什么吸引着我的神经？答案也许是神秘莫测的，也许是智性而光芒的。这或许是一位像我一样懵懂年轻的传媒人的风格。我有些激动，在奢侈的风行中，除了与那片土地上的画家陈运权、安忠俩先生促膝交谈之外，我更是享受了因为那期待许久而没有约束的快感，那因为网中之恋的喜悦……

回到北京，穿行于高楼林立的大厦中和蔓延无际的高速公路上，我很难相信自己去过千里之外的武汉了，长江边上闪烁的霓虹灯、西湖边上卖莲蓬的女子、小吃街的情人们似乎都远离了我的记忆，我只是记住了一个女孩腼腆的微笑和她不知所措的悸动。也许那微笑是我渴望或者追寻美好生活的理由，也许那悸动，像黑暗中悬挂在我墙壁上的作品，在我心灵触动的一瞬间，我想，它的价值是至高无上的。

之后的很多日子，我开始遥望武汉。很多次，我都突然想变成一只蝶，而我的眼前，全是翩翩飞舞的白色的花瓣。爱着花，为花心碎，穿越花的心地，追逐花的美丽与尘缘。然后听花蕊说，一千年，哪怕只是神话，我等你，陪你天涯漂泊。我知道，其实那只是我虚构的一个故事。"落花无言，人淡如菊，不需言语亦相知"，花飞蝶舞时，我轻拥你芳香四溢的唇，我们从碧绿的荷塘飞越千里，你的泪水湿透我的手臂，那一夜，我似乎读懂了一枝花的爱情，是那么温暖而简单。显然，我不是一个人。

刊于2010年9月《国画收藏》杂志卷首语　总第7期

2019年6月，摄于江苏靖江万吨邮轮上
2013年3月，摄于云南玉龙雪山之巅
2015年4月，带领中国人民大学画院
未君工作室学生赴北京平谷写生

收藏经典

人们常说，成功是得到你所爱的，快乐是爱你所得到的。令我充满热情的不是杂志本身，而是杂志编辑的整个过程以及杂志带给很多人遐想和财富的空间。2010年10月2日《美术报》以一个整版介绍刊登《国画收藏》杂志后，至今仍有读者打来电话，除了询问投稿和订购之事外，并开始谈论另一个话题，那就是投资与收藏。其实，我与某些读者已经成为了朋友，作为一名职业画家兼杂志主编，我也同时与广大读者分享了交流的愉悦。

纽约大学、长江商学院教授梅建平先生曾在一次长江商学院举办的讲座上举了一个极为煽动性的例子来鼓励几十位来自全国拥有千万身家的企业老板购买艺术品。他说，100年以前，道琼斯指数有33家支蓝股份公司，如今，33家蓝筹股份公司只留下一家，就是通用电气。就像发生金融危机的时候，158年的雷曼兄弟倒闭了，很多百年老店也难逃倒闭的危险。而1900年100个印象派和古典派大家，如今还有95个人的画作活跃在当今各大顶级拍卖会上。所以可以说，艺术品最能经历时间的考验，是最好的投资。艺术品投资是世界上效益最好的三大投资项目（另外两项为：金融、房地产）之一，其回报率之高最终将跑赢房地产和金融投资。而艺术品的特殊性还在于，它不仅是一种物质存在，更是一种精神文化的结晶，它的回报是多方面的。

1959年，法国著名的作家与政治人物安德烈·马乐侯奉戴高乐总统之命创立文化部。马乐侯是一位特立独行的部长，在他的心目中，文化部的任务不仅仅是要人民接受艺术品，更是要让他们真的从心底里喜爱艺术。

俗话说，盛世收藏，目前，艺术品收藏已成为热点，收藏似乎已是很多人生活中的一个重要内容。古人讲，文以载道，艺术品亦如此，在中国传统意识形态中，艺术与经济同功，这是毋庸置疑的。而一件艺术品，看似与艺术传媒无关联，但在某些方面，艺术品与传媒又如此契合。与《国画收藏》相遇，你绝非偶然，他也许将成就你豪华尊贵的梦想，让你的艺术品登上这个舞台，然后设想你的财富，设想你的艺术品被奢华的收藏，而你的梦想随后逐渐升华，这正是一份高雅气质型的杂志所强调的品位，只有传媒才能让你如愿如偿地使自己的作品很过瘾地优雅起来。

一幅好的艺术品会引起人们的共鸣，无论这个人是家财万贯，还是衣衫褴褛。一本好的艺术杂志，不仅会引起人们心灵的共鸣与震撼，更是能激发人们的意志，与岁月峥嵘，与美无限地接近。其实，没有任何一件艺术品可以脱离传媒而存在，就像任何一件产品不经过销售而被大众所使用。一个成功的画家的社会形态和地位，一件艺术品的社会价值和历史意义，同时对一切传媒产生深远的影响也是不言而喻的。

　　男人，不花哨，才高级，不烦琐，才考究，不刻意，才优雅，不着痕迹却有恰到好处，这是极品男人的座右铭。在这个细节征服一切的年代，《国画收藏》自创刊伊始，便很"男人"地追求"质"的完美。他的实力来自他代表了一种传统艺术风尚的别致，他的实力来自于他追求一种高端又有自己独特个性的人文符号，当你每一次靠近他，你的眼神似乎将忘一切美丽而虚无飘渺的暗香，忘记那足够吞噬你柔情和爱恋的夜晚，你的脑海里已经衍生出另一种浪漫、优雅、高贵的身影，继而被一种淡淡的纸的墨香淹没于久远的唐朝……不知什么时候，夜深了，人静了，一朵于黎明前绽放的花蕾，将成为你心灵之上创作的源泉，闻者有心，读者有意。

刊于2010年12月《国画收藏》杂志卷首语　　总第8期

2014年7月，在深圳鹏宝轩美术馆举办个人画展期间留念

1.与收藏展览作品的深圳藏家合影

2.接受深圳电视台记者采访

3.接受中央二套经济台记者采访

3.

画外之言

夜色的星空，人被覆盖
从古到今，多少"风流"人物
在通向天堂的路上，孤绝吟唱
淫雨霏霏，在这失去花期
的劲风和碑像下
我们怀念古老的石板桥
泅渡的民者
以受伤的姿势，走上山冈

我们也许哪一日
也会高昂受伤的头颅
一路鸣思而来
那苍茫无际的醉梦和誓约
那相守中唯一值得仰望
的大山和幽谷中哭泣的人儿
已渐行渐远了，天空不远
影子不远，雨落下

干净的灵魂穿过身体
突然温柔而苍白

逝者如斯，寂寞的音乐
滑过远行者孤独的唇角
我们在自己疼痛的行为里
长年的祈祷，为一种心愿
在清明雨来临之前
我们各自披一件如弦的衣裳
屹立在生命的风浪口守候
在双手撑开一片文明与礼仪之后
我们彻夜难眠地呵护着一盏心灯
以叩拜的姿势自始自终

生命中那最后一回眸
仍在昨夜的日记里
闪动着智慧般的光芒

当惊惶的鞭炮声响彻杜鹃滴血的

山腰

我们也曾清晰地忆起

那纷纷飘逸的四月筝子

只有在童年绿草茵茵的岁月里

才无忧无虑地成长

3月26日下午，远道而来的深圳好友陈健因久仰著名书画艺术家林凡先生的才情学养及其画品人品，便随我叩问住在离我不远的林凡先生别墅之阁拜访。我互相介绍林老与好友陈健认识之后，入座，林老助理小银热情地递上一杯杯清茶，我知道林老近日情绪有些低落，但看得出，林老对远道而来的客人十分高兴，依旧笑容可掬，眼睛里充满了善良和童真的目光。话说不久，因好友陈健为我的作品写了不少题画诗，特此拿出来让林老指正，说起诗，林老顿时兴致盎然，与好友谈论起诗来，并嘱助理海峰取来已打印好的一摞厚厚的诗稿。翻开诗稿《罗浮梦》，林老用手指指向诗的字里行间，深情而低沉地吟读起来：

小憩罗浮恍是仙，万山高处枕花眠。

可怜有梦难收拾，收拾无聊剧可怜。

明月凭谁论价格，幽兰犹自逞鲜妍。

江南此去三千里，且趁春风看杜鹃。

刚听林老读完一首，我对林老说：林老师，您的诗写得太伤感了。林老抬头看了我一眼说：就是伤感。林老翻开一页继续读诗：

三月洛阳无好雨，先生一世少春天。
秦宫汉阙高难过，矮烛残灯暗可怜。
踞座谈经名相灭，凭栏说剑浊涛蠲。
荼蘼朵朵开无谢，月影参商几缺圆。

　刚听林老读完，我忍禁不住，眼泪莫名其妙夺眶而出，我站起来，连忙躲到外间，好一阵才平息下来。返回客厅，林老仍旧与好友在谈诗读诗，但我不敢再听……

　　向往美好和快乐的生活，寻找纯净的栖息地，是人类亘古以来的追求。作为一位著名的艺术大家，年过八旬的林老，他的诗里，却是那样的一种凄美，一种让人心疼的孤独与情爱，一种远古的悠意与沉重。诗里诗外，看似波澜不惊，却已轩然大波，朝朝暮暮，岁岁年年，我不停地自问，生命会轮回吗？而我，是否读懂了？读懂了一位艺术大家另一种不为人知的经历奋斗、艰辛、而立，而功成名就之后对情，对爱，对生命之无奈与辛酸？

　　我突然怀念起另外一些已经久远的诗人来，"黑夜给了我黑色的眼睛／我却用它寻找光明。"伟大的朦胧诗代表人物顾城用他的《一代人》为自己所属的群体塑了一座永恒的雕像，成为一种令人忧伤的特定的时代象征。"从明天起，做一个幸福的人／喂马、劈柴，周游世界／从明天起，关心粮食和蔬菜／我有一所房子，面朝大海，春暖花开。"而海子的《面朝大海，春暖花开》流露的是一种对生存意义和终极价值的追寻以及无法摆脱的困境，是诗人难得流露出的一种纯真明快的内心声音。而我的《清明断章》是一首写于十年前的旧诗，曾在多家报刊发表过。听了林老的诗，回想自己多年来为艺术南来北往的奔波，我也想起我曾为诗人，在那个多愁善感的青春年代，一个人是怎样的为情愫疯狂为理想主义疯狂。

心灵的默契，当是可以以诗言志以诗抒情的。清明时节，我久坐于灯下，默默地想起一些人，一些诗，一些事，也想起那一个下午，因为林老的几首七律诗，使我的心灵一不小心便被撮疼了一把。

刊于2011年3月《国画收藏》杂志卷首语　总第9期

带领学生拜访林凡先生

这个曾经陌生的城市

　　2013年3月23日下午，我邀请刚出医院不久的老师林凡先生到家中小聚。三月春寒，空气中夹带丝丝凉意，姗姗来迟的阳光却很温暖，先生身穿棉袄，却精神抖擞，脸色红润，白发依然，家中同时有文钧师兄及其夫人陪同，气氛甚佳。随后，与先生一同品茶，聊天，谈诗。我们知道，诗词艺术在先生的生命中及艺术创作中占有很重要的位置，记得每每去看望先生，先生每次都要拿出他的一叠厚厚的诗稿让我看，我很高兴看先生的诗，但我却不敢去读出声来。先生的诗太沧桑，太悲切，太沉重，尤其当先生在我面前朗读起来时，我总是要忍禁不住眼泪双流。而每每先生谈及他过去那些不堪回首的往事时，也曾几度痛哭。我害怕先生再谈及他的诗，我岔开话题，对先生说，您还不如写点什么？哪知先生兴致很浓，调侃地说，小老弟，你让我写，我岂敢不写？言语中充满童趣与幽默。

　　先生随我前往画室，倒墨、铺纸，先生在我一堆毛笔中找到一支适合的。蘸墨，沉思片刻，先生屏气挥毫，我一看，先生笔下虽不是诗却仍是一首词：平林漠漠烟如织，寒山一带伤心碧。暝色入高楼，有人楼上愁。玉阶空伫立，宿鸟归飞急。何处是归程？长亭更短亭。

　　我一瞧，又是一首凄美伤感的词。这是唐五代词中最为脍炙人口的作品之一的诗仙李白所作《菩萨蛮》。据传：一日，李白来到湖南鼎州沧水驿楼。夕阳西下，彩霞满天。远处：平林笼烟，寒山凝碧；身旁：暝色入楼，宿鸟归林。李白低首沉思："天涯漂泊已久，家已远，亲已疏。眼前如此景色，岂能不令我感慨万端。"连呼："酒保，酒保！拿酒来。"酒保端上酒，布好菜肴，躬身退下。李白连饮数杯，五内翻腾，情思满怀，酒酣耳热，挥毫写此千古名诗。先生写完，连忙讲解起来，说李白一生中仅到过益阳一次，而诗人描写的沧水驿正是益阳现在的沧水铺。先生又说，沧水铺离你老家不是很近吗（2012年4月间先生曾去过一趟我老家做客）？我说是的。先生又说，你们一定要记住此词。我和先生同为益阳人，老家相隔也就十多公里。先生自年少当兵入伍离开家乡，虽一生坎坷，一生漂泊，却满腹才华、博雅深邃的超凡艺术才情使先生成为一代艺术大家。但又有几人知先生之心声？知先生之愿望？知先生之伤感情怀？知先生之孤独寂寥？我想，李白这首横穿1300多年历史的《菩萨蛮》不正是先生心之写照吗？离开家乡太久了，"远离"成为艺术家生命中一盏挥之不去的油灯，任凭风吹雨打，心中这盏油灯却从来没有泯灭过。如果说这个世界对我们曾经陌生过还不如说这个城市对我们都曾经陌生过，我们漂泊在每一个城市的一角，从陌生中穿越陌生，从雾霾中穿越雾霾，远离了家乡有时也远离了亲情。我们逐渐随遇而安，在略带急促的社会发展中，我们过着自己独立的行为方式，我们生活在用一支画笔垒起的各个艺术城堡中，我们温情，我们期待，我们一直在赋予生活不一样的品位和格调。我很想告诉先生，远离、漂泊容易，回归却是好难啊，这个曾经陌生的城市似乎一个冬天连着一个冬天，北京的天空下有时好冷。

我想到了几个月前，我把一直没离开过农村生活的母亲接到北京小住，来时，母亲很高兴，说可以多住些日子。不料，不到几天时间，母亲因吃不惯和我们一样的饭菜，不习惯我们的生活方式，且吃了饭只能看电视，串不了门也打不了麻将，用她的话说待在家里像坐牢一样，走出去谁也不认识，这里一切都是那么陌生，一切都适应不了，于是便因思家而几次落泪。面对像个孩子般哭泣的母亲，我一时无语，却不得不安慰母亲，多住些日子也许就习惯了。其实我们曾经不也这样远离家乡，漂泊四方的吗？这个城市我们都曾经陌生过，一个人在外闯荡的年月，无依无靠，漫长的岁月里，一路走来，我们在没有力量的时候积蓄力量，在没有希望的时候满怀憧憬，我们对这个时代时刻保持着一颗敬畏之心，我们很节制地生活在每一个陌生的城市里。作为画家，我们在这里读书、画画、恋爱、应酬、交朋结友、出书、办画展、或者去外地写生。忙碌之中，这个城市似乎与我们逐渐亲近起来。

千百年以来，琴棋书画是为文人，是体现文人修为、禀赋的标志之一。本期杂志的年度改刊，似乎有了另一种新意和诠释，著名艺术评论家、学者蒋力馀专门为先生撰写的《好人·才子·"怪物"·苦行僧》会让你在这个陌生的城市里，弹指间你不单能聆听到远古优雅的琴声，阅读到先生笔下愁情离绪中《菩萨蛮》的真正内涵，而且还能听到灵魂的声音。

刊于2013年11月《国画收藏》杂志卷首语　总第14期

别走得太快，让灵魂跟上来

我们终于告别了这难以挥别的一年，2014，与艺术无关的，如马航失联（中国乘客154人遇难）；云南普洱地震；闹得沸沸扬扬的著名影视演员黄海波因嫖娼被北京警方行政拘留等。与艺术有关的，如习近平主席在北京主持召开文艺座谈会并发表重要讲话（其中那句"低俗不是通俗，欲望不代表希望，单纯感官娱乐不等于精神快乐"，一针见血切中要害）；著名华裔艺术家朱德群在巴黎家中逝世（至此，中国艺术界最著名的"留法三剑客"全部辞世）；备受瞩目的第十二届全国美术作品展中国画展……均已离我们渐行渐远了，人们心中似乎又恢复了往日的宁静。中国改革30年，即使现在重新把一系列关键词罗列出来，仍可深深体会其中的波澜起伏，仍可让人揪心，让人辗转难眠。在这样的一年，很多事情可能被忽略，也有很多事情，被容易放大。

北京雾霾，这是居住在北京的所有人挥之不去的一块心病。而我们看到，和以往一样，大家都忙着在社交网络上传自己拍的北京雾中奇景，调侃这是"仙境"，甚至有公众账号开始教大家"如何在雾霾天拍出好看的照片"，各种搞笑的段子也在疯狂流传。似乎大家都已经习惯了，默认了，接受了，这就是我们必须生存的城市。大概，我们是世界上最擅长忍耐和苦中作乐的民族。可是，对不起，艺术家拒绝加入调侃的行列。几千万人的生命在遭受着威胁，我们每一个人都在呼吸的空气变成了毒气，我不觉得这是一件好笑的事情。幽默和自嘲有时是一种力量，可是另一些时候，当它化身轻浮的调侃或者自欺欺人逃避现实的乐观，却变成了一种毒素，麻痹了我们感知痛苦和危险现状的本能，瓦解了我们思考和行动的能力。在这里，我们来看一组数字：2014年国内汽车保有量将近1.4亿，从2400万辆增加到1.37亿辆，近十年汽车年均增长多达1100多万辆，是2003年汽车数量的5.7倍，占全部机动车比率达到54.9%，比十年前提高了29.9%，光北京机动车就突破500万辆。造成严重雾霾的原因除了机动车，工业的贡献，干洗、餐饮油烟等贡献外，我们又差点被忽略的还有冬季供暖锅炉脱硫设施带出水蒸气与烟气的混合物贡献其实非常高，这应是冬季雾霾天气的主要推手。

9月26日，第十二届全国美术展览中国画作品展在天津美术馆开幕，共展出591件中国画佳作。这次展览，引爆了天津美术界和中国文化界对中国画创作的热情和探讨，真是有人欢喜有人愁。

中国美术学院院长许江说：我觉得不少参展画家对生活的思考还不够，构思重复，画面重复，手机时代的表象画、浅表画等所有弊端都在这次画展的作品中有所体现。这次画展出现构图最多的就是"躺在沙发上的女性"，起码八幅以上，这还是筛选后的结果。还有向日葵，原来有十几张，最后留下五六张。还有吃早餐的作品，因为上届金牌作品是吃早餐的题材，这个现象值得思考。另外一个问题是对着照片创作的照片画很明显。其实，对着照片画画一看就能看出来，如果皮肤的深浅明显、边缘线清清楚楚，一定是对着照片画的。如果是写生，随着光线的变化，看到的物体不可能是一模一样的。不只有年轻画家这么干，有些画家对着照片画甚至连打稿都不愿意打，让学生描线后他来上色，就变成他的作品。所以这次靳尚谊先生提出一个观点，照片的造型不是绘画造型。绘画是一个始终纠错的过程，我们画一个杯子，画高了抹掉、画矮了再抹掉，然后又高了再抹掉，不断接近那个事物的本质，这才是绘画的灵魂。而湖北省国画院院长陈迪和先生在近期《美术报》刊登文章称：中国画已走向庸俗走向西化濒临危亡，中国画学术理论已严重缺失。陈先生的洋洋万言，无疑给我们亢奋，自我膨胀的心或者说浮躁的心态敲了一警钟……我们试图问：中国画的出路在哪？

为此，许多人站在传统与当代的十字路口，左右彷徨。许多有建树的艺术家私下里也犯嘀咕，中国画还怎么画下去？怎样画？的确，当代绘画艺术的繁荣景象，是值得许多学者反思的。但每一个时代有每一个时代的困境，有的可以解决，有的可以暂时搁置。但值得我们深思的是，是我们的社会发展过快？还是我们的思维跟不上时代的步伐？

于是，我想起了印第安人那句流传千古的谚语："别走得太快，让灵魂跟上来。"把这句话送给中国画坛和忙碌在各种画展或笔画上的艺术家们，是恰如其分的。长期以来，当艺术品进入资本市场，某些艺术家们为了追求名利效应，拼命的往"上层"爬而不问艺事，或拼命的画着拼贴画，拼命地画着商品画并应酬于各种笔会……而忽略了一个真正艺术家个体生命之根本，那就是中国传统文化思想精神。文者是宇宙自然规律理律描述，文化是道德的外延，文化自然本有，文化是生命，生命是文化，是艺术家赖以生存之灵魂。是的，"人在江湖，身不由己"，不仅我们这些成年人经常被经济大潮、功利思想裹挟，失去方寸和方向，感到迷茫和迷失，连我们的孩子，都被催促着："快点儿，快点儿，""要努力，不能落后！""不能输在起跑线上！"小小儿郎，背着沉重的大书包，周一学奥数，周二学游泳，周三学柔道，周四学古琴，周五学舞蹈，周六学外语，周日学绘画，都奔忙在各种各类的培优班上，他们，还有真正的童年吗？

　　一年前的冬季，我偕夫人远离嚣市去了数千里外的云南泸沽湖度假，湖中各岛婷婷玉立，形态各异，林木葱郁，翠绿如画，湖水蔚蓝，水天一色，清澈如镜。我们漫步在藻花点缀的湖边，遥望着缓缓滑行于碧波之上的猪槽船，聆听着徐徐飘浮于水天之间的摩梭民歌，真感觉这个世界只剩下我们俩。蔚蓝的湖水，古老的村寨，天空下静得让人窒息，似乎一粒细小的微尘落进湖里都能听得见。这里更像现实版的世外桃源，这里的静让你远离一切尘世烦恼，这里的静能让你的灵魂紧紧跟随着你，能让你的心灵得到一次彻底地洗礼……

　　不要走得太快，在繁忙的生活中，让我们常常停下脚步，忙里偷闲式的，等一等灵魂！坐下来泡杯茶，慢慢品味。

刊于2014年12月《国画收藏》杂志卷首语 总第15期

如果一直这样拾阶而上

2018年1月，我组织北京工作室学生赴云南普洱写生，期间，寻觅得一处公园，台阶那边是一个美丽的水库。

第四辑 艺林漫步

梦里亲吻着这片荷塘

薄薄的雾烘干着我的躯体

我挤进这片水域

割草，然后喂养自己的翅膀

看云朵在水里，漫不经心地

舞蹈和丰盈而去

而当我遇见所有的花朵，也正好遇见你

在你转身的一刹那

我似乎听见

夜色里，每一朵

花开的声音

——摘自《莲的心事》

一幅画背后的深意

几天前，湖南省文联副主席，湖南省美协常务副主席刘云先生画展在衡阳美术馆展出，那天早晨，打开手机，细细读先生之画，却不知不觉生出一堆感触来。

第一个感触：细读刘云先生的山水画，我便立即想到了南宋四家山水。当北宋灭亡，李唐南渡成为南宋画家之后，一改北宋雄浑强大、挺拔劲俏之姿，更多以平远法构图，以低矮的视角描绘千里江南绵延秀色。所绘山水不再是高耸的丛山峻岭，而以大斧劈皴刚劲的线条扫出，以水墨苍劲、简率草草、直抒胸臆，刚猛之气的笔墨再现典型的南方山水面貌，再次创立了南宋院体山水新格局。南宋初建，国力衰弱，偏安一隅，许多有识之士虽然有心复国，却也力不从心，于是借以消极、隐逸、悲观的手法来表现自身爱国主义情怀。不少南宋画家还创作了诸多有意粉饰南宋太平、民生安乐繁荣的作品。李唐作为南宋山水画代表人物，把所有的豪情寄情于笔墨之下，皴笔简练，不加修饰，甚至不加渲染，这种笔墨情趣成为李唐一时的精神状态。所培养的刘松年、马远、夏圭等画家，虽各有很大的成就，但均出自李唐一系而成为南宋山水主流画派而影响至今。

第二个感触：作为以油画闻名于世的画家刘云先生，后改以水墨山水表现胸中丘壑，以田园山水来唤醒在当代意识形态下的"家园觉醒"，开创了新时代湖湘山水新风貌。的确，画家心中的丘壑并非只有高山峻岭，湖山楼阁，刘云先生用他铿锵有力的线条和温文尔雅的具有生命力的色彩与笔墨，解构他对家乡这片土地的无限眷念与深深情怀。我每次回到家乡，看到的虽然全是蓝天白云，清清的河水，绿绿的田野萦绕着那一方宁静。而多少被遗留的"留守儿童"，"空巢老人"，又不免让我们这些常居在外的人一阵心酸（一般讲，每年春节假期一旦结束，几乎所有的老人又恢复到节前的空巢状态，在中国社会转型的大背景下，传统的"养儿防老"正在逐步走向解体）。有时深夜反思，那片生我养我的土地，为何成了大多数人"回不去的故乡"？在交通，通信异常发达的今天，为何一提起故乡，心事依旧显得那么沉重。

在这种反思的状态下，再读刘云先生的作品，会有一种无法言状的触动之疼。而刘云先生以他独特的美学思想和自然观照，把这种对于故乡的情思，把这种许多人总想回归的家园而又不得不远离的家园，化作笔下千万点点笔墨，以"水"和"树"为媒介，以及他独特而抒情式的"低视角"表现手法，抒写出画家笔下一幅幅壮美而浪漫的田园诗篇。风起云暖，此地无声胜有声，从刘云先生深邃的笔墨中，我们似乎不知不觉地被带到那阔别已久的故乡去，时而沿着灿烂的阳光，时而踩着斑斓的月色，那里除了桃红绿柳，十里稻田，还有蛙声一片，还有许多生趣盎然的精致和城里人羡慕的"世外桃源"，我想，一定还有大家或许已经丢失的许多值得去深思的儿时的记忆吧……以此种种，刘云先生在他的作品里似乎要反复强调，他或许强调的目的就是希望，通过这一山一水实现当下远离家园的人们对身后美好的田园山水的理想化追求。

当我把这些想法跟刘云先生请教时，刘云先生回复：谢谢未君兄，我作品的家园意识，就想重塑当今人们对家园意识的缺失……显然，我的观点和刘云先生作品背后的思想是不谋而合的，刘云先生的作品，在社会教化功能的基础上，似乎又多了一份人文关怀。我想，如果问刘云先生，为什么会如此表现家乡，我相信刘云先生一定会说，因为，我们爱这片脚下的土地，我们爱得深沉。

怎样去好好读一幅画，读懂一幅画，好像经常有人会为此讨论。我不知大家有没有这样一个经历，就是当我们游历于某些历史古迹之时，如果没有导游细细解说，好像会一览而过，看完后不知所云，毫无印象。而当导游一番解说之后，才觉得眼前的所有的景物都鲜活起来，生动起来，才觉得要好好看看，要多待一待，然后发出一个感慨，中华历史源远流长，中华文明伟大而深不可测。

于是，我们可以得出两个结论：读画，一定要分二个层面，第一个层面是作品技法上的，一眼就能看到的。技法包括笔墨、色彩、构图、形式、风格等；第二个层面是作品背后的深意，深意包括作品的立意、作者的文化背景、时代背景，以及作品所反映出有关哲学的、精神的、人文的、自然的等方面的内涵意境，而这种深意，有时是一眼看不到的，或者说常人看不到的。俗话说：行家看门道，外行看热闹。那么，所谓的"门道"在哪？我们如何看之？

在读书的过程中，我经常把古画在电脑里放大数百倍去看，也经常让我有了许多意外的收获和惊喜。当你看到一幅普通画册中的图片时，可能没什么感觉，而当你将局部放大再细看，那完全就不一样了。现在，让我们把目光拉回到千年前的北宋，看看北宋初期范宽的《溪山行旅图》，我们截取一些局部，看能从中获得怎样的感知。

《溪山行旅图》被誉为范宽作品中能够确认唯一的一幅真迹，因为在作品右下角的树丛中，台北故宫博物院副院长李霖灿发现有"范宽"二字题款，加上笔墨风格极具范宽山水画派的代表性，故获得学术界公认。

从构图上我们发现，《溪山行旅图》同时具备黄金分割线的构图法则。而作品出奇出新的地方，却是后面的主峰占据了整幅作品的三分之二，中景占据四分之一，近景占据十分之一。我们截取任何一部分，都可以看作是一幅独立的景观，山水中的景深一般在上方或者在远处。但此幅作品的景深在下方，可以说，真正的远景在下部。尤其体现在中景之处，那一方水雾，从左向右下，并逐渐上升蔓延至主峰，使主峰这一巨大的"石碑"式的山体，饱满而沉重，雄强而挺拔。还有，主峰左右的山谷，一高一低，可以看作是不同的"深远"法，右边深邃的瀑布之上，无法看到源头，更让人浮想联翩。

据悉，范宽此幅作品并非完全靠写生得来，而是根据常年居住于终南山，华山，亦有可能是太行山、照金山。范宽经过"外师造化，中得心源"之后得"真山真骨"，得山水之灵魂，而创作出"百代标

宋 范宽 溪山行旅图
绢本水墨
纵206.3 横103.3
台北故宫博物院藏

程"的传世之作。其浓墨"雨点皴"，被看作是具有千军万马之势，每一笔积墨，都彰显出画家之骨气、骨力，每一笔都充满着顽强的生命力，凝重而严整，疏密中凸显出折落有势、轻重浓淡、掷地有声的锋芒。山顶之密林，范宽更是处理独特，先以短线条稍加勾点，然后在勾点周围以浓淡干湿的圆点逐渐推进，构成大片密林灌木丛。这种连勾带点的用笔，加强了密林的体积感，生命感，而独具"范家"山水特征。

倾注而下的瀑布，让我想起了李白的诗"李白乘舟将欲行，忽闻岸上踏歌声。桃花潭水三千尺，不及汪伦送我情。"这条瀑布从深邃的高处落下，由于水流很细很窄，水流好像在山风中左右飘荡，而落下去之后的流水虽然已不见踪影，但似乎可以听到潺潺水声。山是刚毅厚重的，水是轻柔的，正所谓刚柔相济，使整幅画面气势相连，上下左右均得以平衡。水在寺庙上方，寓意法源，道源，传达出"唯修炼得闻天音"的冥冥玄机。

流水的下方居然盖了几座不凡的楼宇，也可能是寺庙。通过流水声，我们又仿佛听到寺庙禅音，那里也许有高人在诵经，也许有游人在此小憩。这一处楼阁，成为整幅作品的点睛之笔，神秘莫测。因为，右下方的驼队显然是要往此处去，而左中巨石后面一位僧人哪怕挑着很沉重的行李，也要翻山越岭去往此处，那么，这楼阁中到底是什么吸引着芸芸众生？画面下方靠左边溪水之上的独木桥，是我最近才发现的，其实数年前已经在不停地看这幅作品了，直到逐步放大之后才有新的发现。看此独木桥，我便想到人的一辈子也要经过许多的独木桥，哪怕再艰辛，只要设定目标之后，我们便努力向上，朝着目标前行，有时明明知道前方是座独木桥，依然会奋不顾身。我想，只要坚定信念，不辞劳苦，一定会到达目的地。于是，我们可以得出范宽《溪山行旅图》的三层境界，并带给我们更多的启示：

第一是前景：忙碌的驼队。这是属于普通老百姓的生活场景，显然，范宽对他们很是尊重，同时也尊重自然界中每一处生灵。范宽有意把自己放低，缩小，其实是想突出"自然"的强大，人是无法胜天的。而人只有怀着一颗卑微之心，你才能看到别人的伟大，才能发现有的东西是站在高处看不到的。我有时想，人生在世，几十年真的是匆匆而过，我们对于自然，不过是一个过客，走的时候，我们能带走什么呢。我们经常谈敬畏自然，敬畏古人，我们是否真的敬畏过？

第二是中景：求道的艰辛。这是属于中产阶级的生活场景。僧人在劳苦大众中又上升了一个阶层，他们苦读圣贤，诵经读史，心怀悲怜，教化众生。这一层更是触及灵魂，因为他们一样要经受各种考验，以及前途不明的修道之路，或许遥遥无期。

第三是远景：宇宙最高意志的主宰。首先是巨碑式的主峰，它崇高陡峭，雄伟壮阔，巍峨博大。它更像是画家心中一个家国的形象，强大且顶天立地，而从内到外又释放出一种无比悲壮的美，显示皇权神圣不可动摇。于是，范宽把千言万语，化作笔下的山水，希望这座心中的山峰永远不倒，永远屹立在人们的视野之中。山得水而活，水作为万物之源，泉水自右上而下，入中景，入前景而开阔。而开阔之处，便会有路，有路，就会有坎坷，也会有美好的行旅。

郭怡琮与"大花鸟精神"

郭怡琮先生是当代写意花鸟画坛的一位大家，郭先生提倡的"大花鸟精神"思想在中国画花鸟画坛乃至当代美术界均有深远影响，并受到美术界同人的广泛关注。他的《怡园艺话》条理分明、脉络清晰，是一篇关于当代花鸟画发展走向的论文。深入郭先生的观点与思想中，我能深切感受到郭先生对中国花鸟画教育事业那种鞠躬尽瘁的奉献精神与博大胸怀。

一

对于郭先生提倡的"大花鸟精神"，我是十分赞同的，尽管在此之前我曾零星地读过郭先生关于"大花鸟精神"的文章，但始终未渗入其中。其实，曾在广州大学本科班中国画专业教学时，我也经常对学生提出中国花鸟画中蕴含的精神性内涵的重要性，提出画在功夫外，就是说画外功夫比画画本身要重要得多的道理。画品如人品，画家的个人修养、人品道德、思想境界、感情能直接反映在我们的画面中，进而辐射出画家的个人才情与气质。我同时也认为只有博学才能兼优，一个画家除了画好画，主要的任务就是静下心来读书，做学问。如果一个画家只知道画画，画得再好，功夫再高，充其量也只能算个画匠，我们综观历代大师大家：如南齐谢赫、宋代苏轼、元代赵孟頫、明清的徐渭、石涛等；近现代大师大家：如吴昌硕、赵之谦、徐悲鸿、齐白石、黄宾虹、潘天寿、郭味蕖等，无一不是画家又是重要的理论家、思想家。

郭先生的"大花鸟精神"很好地印证了这种理论在当代社会体系中存在的价值：花鸟画要描写生命；花鸟画要突出精神性；花鸟画要有较深的文化内涵；花鸟画要高扬社会属性。我们在解读郭先生对于"大花鸟精神"的四点含意之时，深感郭先生的观点对于当代花鸟画坛乃至美术界的需要是十分迫切的。

不变应万变，变则通、通则明。早在先秦诸子的美学典籍中，孔子将"诗"的社会作用概括为"兴""观""群""怨"。认为作为艺术的诗，一可以"引譬连类"，"感发意志"，即可以用具体形象的比喻来显示普遍性的人生哲理，并且通过"以情感人"来调节感奋人的内心。二可以"观风俗之兴衰"，用艺术语言表现社会风貌、时代精神，反映人群的精神状态。三可以陶冶性情、移风易俗，帮助个体成为有社会责任感的、以"仁爱"为自己行为准则的人，使整个社会和谐安定。孔夫子的"仁学"在潜移默化中影响着后人，影响着中国传统文化艺术繁衍不息的生命。

俗话讲：笔墨无情人有情。作为花鸟画家，我们怎样把充满生机活力的自然生物，借助笔墨这种特殊的媒介传达出这个时代的精神面貌、传达出画家对这个社会的绵绵情意与爱，传达出画家的性情、一直是当代画家必须温习的课题，也一直是困扰画家发展和普及中国画水平的问题。这种笔墨传达出的力量它将成为一个画家思想、情感、学识修养的标记。这是一个昌盛的时代，经济的繁荣、文化艺术的繁荣、电子信息的繁荣，如何让我们几千年的中华传统文化中国画与这个时代接轨，如何真正做到"笔墨当随时代"，是我们这一代画家应该思考和探索的问题。

显然，弘扬郭先生的"大花鸟精神"的社会意义与作用似乎与孔夫子的"仁学"是不谋而合的。

二

"从野草也是我的花园到大麓画风"，这是郭先生最珍爱的词汇，并直接影响着先生的创作，郭先生视自然界中的花草如生命，在数十年的笔墨浸淫之中，淋漓尽致地把对大自然的爱尽显于笔端。这也使我想起某位名人说过的一句话："我的，也是世界的，世界的，也是我的。"每个人都有属于自己的世界，都有自己独特的视角、独特的观察方法与审美倾向。谁都有权利去挖掘属于你的那份美，谁都有权利去表现自己心中那绚丽的花朵，那属于生命中的植物都可以与你为伴、与你共舞。

也许，最原始的才是最美的，最真的，最纯的。所以，我一直认为，最感人的地方，往往是别人注意不到的地方，也往往是那些细节，自然中的细节、生活中的细节、情感中的细节，都将成为我们作为一种艺术形式而关注的焦点。作为画家，我们的使命是发现大自然中的美，不管是大美，还是状美，把它用绘画的手段表现出来，奉献给观众，使他们在工作与生活中获得美的享受。

唐代山水画家张璪的"外师造化、中得心源"，为我们每一位画家走向自然、深入自然、描写自然提供了向导。画家所描绘的自然对象，也同时应该是我们经由自己的慧心重新感悟理解过的自然。张璪精辟的概括了绘画创作过程中的主体与客体的关系，突出强调了画家的主观能动性在绘画过程中的作用。

在我的面前，传统和自然却是两座大山，那里面有取之不尽用之不竭的宝藏，在十余年的绘画创作中，我对传统始终是怀着一颗敬畏之心的，而我现在更敬畏自然。在传统与自然面前，我们无法有丝毫的张狂心，也无法对艺术追求有丝毫的松懈。然而，人与自然的关系是十分微妙的，近年来，大自然遭到严重破坏，洪涝灾害、水土流失、大山荒塌、森林被伐。我们这一代人面临的问题要做的事情实在太多。作为画家，我们更有责任和义务维护生态平衡，保护自然环境，热爱一草一木、一花一叶，并使这些花花草草成为我们生活与创作的一部分，成为我们画面中那最感人的、迸发出生机勃勃的闪光之处。

郭先生为此多次进入山野、热带雨林、进入非洲荒原，去体味大自然神气与壮丽，并先后数十次进入云南的西双版纳去寻找那些奇花异草，画了大量的写生稿与创作，出版了多部专著。与其说是郭先生在寻找绚丽的色彩、骄艳的花朵、鲜为人知的植物，不如说是在寻找生命中的节奏与灵魂中那跃动的绿色音符。艺术的成功，是需要待以时日的，行千里路，读万卷书，方可领略个中三昧，郭先生的这种进取、奉献、追求艺术的精神与态度无不使我们为之激动。

　　三

　　每位画家都有自己喜欢并钟情的颜色，这些赋予丰富情感的色彩可以看作是画家性情的张扬，可以看作是画家作品风格的定位，也可以看作是画家在通过对大自然的长期观察后的提炼结果。郭先生自幼喜爱色彩，尤其喜爱那些绚丽灿烂的重彩，如石青、石绿、石黄等天然矿物色，这为郭先生的"重彩写意和技法重组"创作与理论体系注入了相当的"时代"元素。

　　南齐谢赫的《古画品录》"六法"中的"随类赋彩"科学的论证了色彩在文化艺术中的重要位置，成为中国历代书画家、理论家赋彩方法的重要论点，使中国的传统赋彩论在东方哲学思想的基础上包含了较纯粹的色彩自主性等内涵，是博大精深的东方色彩学传统理论。早在先秦至汉唐，古人已从"五彩彰施"中创造重彩为主的绘画形式，同时发现了色彩丰富的功能。更值得称道的是：在传统中国画中"墨分五色"更将墨和白色发挥到了极致。我们纵观历代画史，从魏晋南北朝淡彩到汉代（长沙马王堆出土的西汉帛画已把重彩画推向了一定的高度）的重彩，我们可以看到远古色彩在运用上的关系延续。鸦片战争结束后，由于封建制度的衰亡，西方色彩学的引入和中西文化的激烈撞击，传统的色彩在中国画的长河里发生了动摇，使传统中国画开始摆脱了文人画的旧程式，色彩上大胆吸收西方现代色彩的印象直觉，于是色彩观念走向多元化，也使得中国画色彩在进入唐代色彩变化后的另一个深刻阶段，色彩真正进入新的发展里程。

20世纪末中国改革开放和经济快速发展，给中国画带来了前所未有的冲击，画家们开始自觉地寻找东方与西方两者之间的天然关系，包括色彩观念的大融合，扩展了色彩认知领域、使中国画赋彩在不同时期都传达了中国画家们的另一种情怀，并产生出一批有影响的优秀作品与优秀画家。

郭先生是在这一"赋彩"领域走得非常成功的一位花鸟画家，郭先生的"重彩写意和技法重组"为我们构建了一个理想主义的平台，郭先生尤其把"墨与色"的关系淋漓尽致地发挥到了一个高度，先生的每一张画都是生活色彩与自然色彩的代言与心声，画面留给我们的是一种自然、一种和谐、一种富于精神创造性的博大。

在郭先生提倡的"技法重组"理论体系中，我所理解的这种"技法重组"不仅是表面上的技法重新组合，更应该是形而上的东西，是画家知识结构、个性才情、品质修养、美学思想的重组，这种知识上的重组直接影响并指导我们在绘画技法上的重组与完善。南宋邓椿非常明确地指出"画者，文之极也"。他认为绘画就是"文"的一种表现方式。我们通过对历代文人学者画家参与考察，可以得出这样一个结果：那就是绘画艺术是一种"集成艺术"，绝非单纯的技艺而已。绘画艺术因为有了"自然"的终极关怀与融合才显得那么富有生命张力。也可以这么说，艺术的功能是滋养人心，是净化人的心灵的，人心因为有了它才显示出可爱、和谐的共性，才显示出赞美人间真善美的灵光来。

刊于福州大学学报学术期刊《艺术·生活》2008年9月第5期
总第145期

解析裘缉木的没骨花鸟画

初次联系裘老师，是他夫人接的电话。我说我主编了一本杂志，想跟裘老师约期稿子。没等我说完话，裘老师夫人就准备挂电话，我连忙说，阿姨，您先别挂电话，我是一个职业画家，来北京不久，我先寄一本杂志给裘老师，如果看了愿意合作就合作，不愿意也没关系。阿姨说，好吧，给了我地址，我第二天就将杂志寄给裘老师了。

过了几天，裘老师收到杂志，阿姨打来电话，说杂志不错，看到我还能写文章，说合作可以，能不能给裘老师写篇文章？我说当然可以，于是约定了我去拜访裘老师的日期。后来，文章写完了，发给裘老师看，没想到，裘老师很满意，还拿去在其他杂志也发表。再后来，我与裘老师联系逐渐增多，并多次到他家中拜访，每次他老两口都要请我在外面饭馆吃饭。有一次约好上午去他家中，我看已快到中午饭了，不好意思再打扰裘老师，担心他又要请我吃饭，于是我在外面饭馆吃了饭之后才联系裘老师。吃饭之后故意多待了一会，才慢慢走到裘老师家楼下。却不料，裘老师和阿姨得知我在外面吃饭了，十分不高兴，本来已开始在做饭的阿姨说，不行，我饭不做了，必须到外面请我再吃一餐。我拗不过阿姨，只好又跟着老两口下楼。这些事看似很小，很平常，但在我看来，是十分令我感动和刻骨铭心的事情。了解了裘老师的为人之后，我们再来看看裘老师的作品。

清初常州画派创始人恽南田在论画时说："笔墨本无情，不可使运笔墨者无情；作画在摄情，不可使鉴画者不生情。"近日拜读当代花鸟画家裘缉木先生的花鸟画作品，感叹不已，惊羡之情油然而生。

裘缉木先生的花鸟画体现了他对传统文脉的深刻把握，在继承和发扬这条漫长的道路上，他有着自己独特的思考，也使他最终成为当代花鸟画坛在没骨画探索上功成名就不多的实力派花鸟画家之一。

论述中国画，必当以宋这个光荣的时代为中心。宋代绘画，尤其是北宋绘画的伟大成就千百年来被视为一座难以逾越的巅峰。宋画有两大评判标准：一是物情，即通过"格物致知"而后"尽精微"，其中包括对自然物象的深入观察、体悟、默记以及写生的功夫，体现对"形"和"理"的重视；二是意韵，潘天寿认为："唐至五代是绘画宗教化时代，宋元是绘画文学时代"。北宋院画往往表现诗词意境，而且，北宋开国后，自太宗起就醉心于书画收藏，帝室耳濡目染，自然熏陶出一种好"古意"的审美趣味。这一意韵，就是诗意与古意相结合。裘缉木先生长期受美术院校的系统绘画教育，又师从现代花鸟画大师李苦禅、王雪涛、郭味蕖、田世光等人，在大师身边耳濡目染的练就了他过硬的造型功夫和写实功夫。裘缉木先生以此为契机，深刻领会，融会贯通，"外师造化，中得心源"，在传统文脉的滋润下苦作文章，自甘寂寞地走着一条取法乎上的师古之路，故他的作品并非眼中所见，而是心中所得，是一片化机借笔墨在纸上的再现，这也正是裘缉木先生没骨画作品不同他人的独特之处，也是让人一读而生情的原委。

诚然，花鸟画自五代以后进入成熟期，左右画坛的是西蜀的黄筌和南唐的徐熙。但黄筌过于工整，赵昌未脱刻画，徐熙无辙可得，未始难取。而明末清初的画坛上流行的又多是勾勒重彩近于院体一类的花鸟画，追求纤丽浮华，陈陈相因，缺少新意。裘缉木先生的没骨画，不同于院体的勾勒设色，而是以潇洒的笔致，写意的手法点蘸色彩而成，蓄笔逸墨互用，作品注重写形传神，在用笔上于工整中却不失写意的灵气，章法简洁明快，色彩清雅脱俗，造型生动含蓄。在画风上，裘缉木先生一方面继承"黄家富贵"和"徐熙野逸"这两种风格，又吸收元人的清雅淡远、墨如艳彩的特色，以书入画，兼工带写，结构严谨，对物象的刻画细致入微，用笔用墨一丝不苟。在后来的不断探索中，更是得恽南田的小写意画遗风，作画时直接以色彩勾形状物，不以墨线勾勒，也不以墨线为骨，而以青、绿、赭、朱、黄、白粉等色堆染而成，力求形神兼备。如《莲塘戏趣》《浓情》《丹柿图》《水乡回忆》等作品中，又巧妙地将双勾、皴擦、点染、晕染、撞水、冲墨等丰富的笔法结合于一体，使笔法与墨法的融合既细致又工谨，体现了墨分五色之感，画面的气息既贵重又雅洁。裘缉木先生在对传统文脉的把握上，实现了他对文化本体多元建构的把握，更体现在他对人文精神的认知上，这是十分难得的。

我们深知，描花绘鸟作为花鸟画的一种表现形式，在画家的审美图式上，体现的不仅是一种审美理想，更重要的是体现了画家人格情趣，画中的内涵承载着画家对社会的寓教功能。我认为中国画家拼的不是单纯的绘画技巧，而拼的是文化、是才情、是胸怀、是学养、是禀性，这些也一直是中国画家所追求最高境界的创作媒介。一块石头、一朵花、几片竹叶、几只禽鸟，均被画家注入了理性的内涵、灵动的情思、生命的意趣。我们来看裘缉木先生的作品，他没有落入前人的窠臼而去依葫芦画瓢，而是亲近自然，深入到生活中去体悟，他的足迹数十次踏入南国的热带雨林之中，又流连于山水之中，流连于自然之间，他踏雪寻梅于荒郊旷野，寻花觅草于山阴古道，在大自然的大美术环境中寻找新的视觉形象，捕捉新的花鸟造型迹象，创作出新的具有裘氏格调的视觉语言符号。故他的作品突破了前人的文人画题材，而留给大家的大多是南国那些不为人知的奇花异草。我们看到，这些花卉在裘缉木先生的笔下，正透显出生命本来的生机和朴实。也正如孟子所言："大匠只能教人以规矩，不能使人巧"。正是在这个意义上，裘缉木先生在这个"自然与心灵"的碰撞之下，绕开前人简单的一线一面，借以没骨这块难啃的"骨头"，较高地呈现出他特殊的人格精神和理想的绘画图式来。

我数次拜访裘缉木先生时，也被裘先生的谦虚和他的日益精进的笔墨功夫打动及他博大的人格魅力所感染。他的作品留给我们的是耐人寻味，更重要的是对生命，对自然的再度思考。目前，裘缉木先生正以他没骨法画花卉"独开生面"的画风日益受到老百姓的欣赏欢迎，也更多地获得了美术界同人的高度评价。作为晚辈，我祝贺裘先生取得更大的成就，并创作出更多的佳作来。

刊于人民政协报学术期刊《画界》2009年3月第2期

解读画家安忠山水画作品

　　生长于荆楚之地的著名山水画家安忠先生，数十年来放浪山水之间，探奇览胜，游历于长江、清江之滨，跋涉于巴山、神农之境，处处留下画家跋山涉水的足迹，所到之处，无不细细描绘、心领神悟，把自然之境，化为胸中丘壑，从不同角度刻画自然景物，给我们留下了大量的佳作，也使我们从他的山水画中获得了一种美的享受。

　　山水画作为独立的艺术形式萌芽于魏晋，发展于唐，成熟于宋，到元代山水画时，已发展成为一个重要的转变时期。如果说唐代山水画始于吴道子，成于李思训、李昭道的"山水之变"，其本质是由山水精神的追求转向山水意境的表现。那么五代宋初的荆浩、关仝、董源、巨然、李成、范宽，则完善了山水画的艺术表现，把中国山水画推向了一个历史的高峰。而"元四家"不仅完善了山水画的水墨技法，而且因为时代的特点，为山水画在审美范畴内增添了"逸"的概念。

　　安忠先生的山水画远追唐宋遗风与元人笔墨，在现实的自然山水中汲取灵感与创作源泉，尤对"元四家"为首的黄公望作品多有研究，为前人"日囊笔砚，遇云姿树态，临勒不舍"之精神费心尽思。我们读安忠先生的作品，简淡高逸，笔墨洒脱，明丽秀润，峰峦叠翠、高山流水尽显笔端，那充满现实生活景象的绘画风格，成为构建安忠先生山水画的一个基本审美特征。

在表现形式上，安忠先生在融合诗书画的创造上不断探索求发展，画面注重气势秀拔之美，生机盎然之境，又从身边的一山一水一境中挥写自然神韵，并以《六法论》中的"气韵生动"的标准来严格要求画面。"气韵生动"，实指画面效果。其实谢赫与顾恺之的理论体系一脉相承，都重神韵，这是中国画的传统特点。宗炳在他的《画山水序》中，将自然山水与圣人相提并论，认为二者都是道的体现，而贤者，仁者，不仅能从圣人那里受到道的启示，还能从自然山水中感悟到道的存在。所以自然山水与山水画都能对人起到"凝气怡身"的"畅神"作用。对于这一点，我想，安忠先生数十年来的绘画实践对此是深有探究的。为此，安忠先生的山水画没有对前人的构建"死记硬背"，更没有过多地游戏于室内描摹，而是放眼于自然之中，借天地宇宙，以自然为媒，写自然之意，与自然对话，把写生作为创作的基本训练和必要的积累创作素材。安忠先生每每作画，均要酝酿情思，布局取势，皆有感而发。毋庸置疑，其笔下的山石川原，树木房舍，湖泊舟船，那一定是一位山水画家寄托着对故乡真挚情感和艺术思想交融的最佳出处。

细读安忠先生作品，峰峦平坡、云山烟树、丛林远渚、渔舟村舍，美不胜收。在笔墨技巧上，画家或中锋或侧锋，墨色或淡或浓，线条或松动或萧散，层层连叠，用笔自然灵动，起伏有致，或重或轻，或拖笔顺锋或逆锋倒推，勾皴兼用，纵逸酣畅，设色不多，以水墨为重，显然可见受前贤元人之影响之深，而更多的是从黄公望笔意苍茫的水墨山水中发展而来。其画风朴实，厚重、亦书亦画，满纸生机蓬勃显现无遗。

从体格上讲，安忠先生的山水画显然不同于"北派山水"雄强挺拔，壮阔宏伟，而更多则受"南派山水"淡墨轻岚的江南之风貌特征影响。在构图及笔墨语言上，体现出来的多是现代意识和现代精神，这也正是安忠先生源于生活高于生活的创作理念。在章法上，结合高远、平远、深远三种方法，主次经营有序，山脉贯通，体现出典雅含蓄，苍茫蕴籍之美感。

山水画被称之为宁静中的美，唐张彦远十分注重绘画的抒情审美功能，强调山水画的"怡悦性情"的重要作用，还强调用笔之法。在安忠先生以神农架山水表现形式为主题的作品中，明晰地看出其笔迹的运动节奏，并符合"骨法用笔"之妙，他要求作画需得以自然之意为上，不可拘于色相之间。力求做到教化与怡情并重，造化与心源并重，体现了安忠先生在多年的绘画实践中的壮健平衡，文质并茂，兼收并蓄的宏大气度。

我们再探其宋代画家的兴趣转向自然山水画的两个原因：一是审美趣味的深入；二是具备悠闲宁静的心境。因为宋代禅风大释，理学盛行，二者既互相排斥，又互相汲取融合，共同形成了适宜自然山水画大发展的哲学背景。程朱理学强调精神世界的决定意义就是将自然界精神化，道德化，并与老庄的"天人合一"论相贯通，为山水画中的自然的人化提供了理论依据，这是山水画主题和内涵的深化。很坦率地说，安忠先生的山水画并没有停留在一般画家所谓的"寄情山水"上，也没有过度迷恋于"笔墨情趣"上，因为要做到这一点并不难，而难的是作品中那种散发心灵韵律的情怀能否真正打动人？对前人博大精深的绘画理论体系能否有所承载？对恶向心态的画坛某些现象能否经得住诱惑而不为所动？好比一件作品，画面太实则塞，太虚则空，从形式上而应虚实相生，有黑处谓白，留白处谓虚。当然，我从安忠先生充满智慧的眼光中发现，作为一位有自己独立思想的现代著名画家，安忠先生在这条路上已经走得越来越远，越来越宽了——那种通过作品而实现对自身的才情，学养和风格的肯定，其天赋、道德、品格、自然熔铸而成。

在湖北、河南最近的几场艺术品拍卖会上，时常可以看到安忠先生的国画作品。同时，与拍卖行形成鲜明对比、惨淡经营的画廊里，细心的人们同样可以看到安忠先生的作品在这里获得较大的卖点和人气。这足以说明安忠先生作品强大的生命力：一方面是因为他的作品大气雄浑，在艺术审美与市场行为间找到了契合点；另一方面要归功他多年积累下的笔墨功力，因为好的作品总会被藏家青睐。

中国的绘画美学也是一直注重艺术家的人格和作品的格调之间的内在联系的，文人画所追求的"士气"与"逸气"其内涵浸透着画家的人格思想。笔者与安忠先生平时交道不多，居住地一南一北，虽远隔千山万水，作为艺术同人，然心性相通。安忠先生为人厚道、若怀虚谷，胸沉万壑的胸怀令我敬佩，凭借其深厚的学养与技巧功力，且融会贯通，并有创造，将会赢得美术界更多人的关注与尊重。

刊于2009年8月17日《中国书画报》总第1912期

寇艳起其人其画印象

相比其他写意山水、写意花鸟画，在传统中国绘画领域，写意人物画出现得相对比较晚。它是在工笔人物画已经成熟之后，由宋代大师梁楷的天才创造才初现曙光的。然而他却像启明星一般孤独寂寞，七八百年后仍没出现一个堪称大师的写意人物画家，梁楷成了后人难以逾越的高峰。工笔人物画在唐宋大师辈出之后，历代还能再有超越，如元代王绎、明代曾鲸的肖像写生，明代陈洪绶的夸张变形等。山水花鸟画更是一座高峰连着一座高峰，直到近现代一百年来，耸峙在中国美术史上的国画大师，依然只有山水与花鸟画家，没有一位专攻人物。梁楷身后，整个元代没人继续他的写意试验。直到明代，才有吴伟、张路、徐渭等有限的几位山水花鸟画家涉足写意人物画。清代写意人物画家同样屈指可数，高其佩、任伯年等人，也不全是专门家。就当代擅长写意人物画的画家，也是寥寥无几。欲以传统中国画笔墨来传神地表现当代人的精神风貌，的确是对画家造型功力和笔墨能力的双重考验。

我和寇艳起是天津美院研究生班的同学，更是非常默契的朋友，他攻人物，我攻花鸟。艳起能喝酒、能抽烟。艳起性格沉静、稳重、实在、为人坦诚，这正合乎交朋结友，也许，这是我走进寇艳起写意人物画那片纯净世界的一个重要理由吧。

寇艳起，1964年生于天津团泊洼，先后毕业于天津大学建筑专业、天津师范大学书法专业、天津美术学院中国画研究生班。他曾受到著名画家孙伯祥、唐云、霍春阳、吕云所、颜宝臻等名家亲授。在传统的中国画笔墨与书法领域里，练就了他过硬扎实的基本功，凭借他一股虔诚的向上之心，尽管在艺术的道路上也曾艰难跋涉，但最终取得了令人欣喜的成果，在近几年的"天津五届书展""天津六届青年美展"等多次大展赛中获奖，在天津画坛逐渐显现出他与众不同的影响力。但艳起多年来甘于淡泊，不欲宣扬，唯默默耕耘，工作之余对艺事乐此不疲。艺术乃人品之外化也，艳起这种谦谦之君子风范，我们可以从中窥其学养勤奋之一斑。

其实，写意人物画是一个历史悠久而又赏心悦目的画种，在今天沸腾、开放的社会生活中，许多后起之秀又给写意人物画的内涵注入了新鲜血液。艳起借鉴西画关于造型、色彩的功力，运用传统的各种技法，使人物画找到了新的表现形式，最近他创作的一系列农民形象的水墨人物画是艳起风格上的又一大突破。写意人物画要求"忘形得意"，重点在"意"。物象只须不似似之，造型大幅度简化乃至变形，在人物画题材上，艳起没有像一般的人物画家去选择特征明显的道释人物、仕女或古代人物，而是把描绘对象放在了身边现实生活中的人和事，无疑，这为艳起创作人物画设下了一定的难度，但艳起知难而进，几乎是走到哪里，就画到哪里。我曾在艳起家待过几日，他陪我去了不少地方会见了不少朋友，我发现经常是大家在聊天说笑之时，他的几张人物画速写稿已完成了。速度之快，造型之准，以及他的这种学习上的精神境界，无不令人折服。自从那次我看过他的几大本人物画速写之后，我对艳起的艺术追求有了全新的认识，真是"行千里路，读万卷书"。还有一次，我和艳起同居一室，我正睡得迷迷糊糊，突然听到艳起毛笔在纸上走动的唰唰声，我抬眼望去，他正聚精会神地伏墙作画，我一看表，好家伙，才四点半。我说，怎么这么早就起床画画？而艳起仅仅一句"睡不着，很多年习惯了"却让我的心久久难以平静下来。我想：一个画家如果不勤学苦练、如果没有生活的积累，没有对现实生活的独特观察、没有对当代人那种心境的细心诠读、没有对笔墨内涵的心领神会，下笔岂能有神？一个画家又岂能获得成功呢？

　　读艳起的写意人物画作，我读出了一种深邃而厚重的苍润感，这包括他从整体结构、从构图、设色到黑白灰的关系处理、造型及色度的协调配比等，都能夺人心魄。这里我感受到的，还不仅仅是视觉上的美感，还在于它所造成的画境和情势，一种精神上的提升和焕发力。面对他的作品时，我们可以"阅读他的心"，感受到一种情感上的撞击力，受到一种激励，使自己的心亦活跃起来。写意人物画要达到写意花鸟、山水画那种极致，难度极大。因为人物造型比花鸟山水难把握。花鸟、山水在"写"的过程中，无论怎么不似，都还可以被接受。人物的不似程度有限，太不似就无人接受；而不到一定程度的不似，用笔解放不了，又"写"不起来。但从艳起的人物画里，我们似乎看到一种我们想期待的希望，那就是艳起站在了当代人的一种高度思考当代人，用当代人的思维创作当代普通人民的喜怒哀乐，这是难能可贵的。

写意人物画所呈现的艺术美，可以说是画家在不断的艺术实践中的一种发现和创造，丰富的写意人物画技法也只不过是一种实践经验的积累，不能成为一种不变的程式，技法时常是因人而异、因人成法的，它也总是在各人的艺术创作中得到发展。艳起的写意人物画注重笔墨程式、注重书写法度，气势开张，笔墨雄厚，意境迷离。所作每一张画均无甜俗之感和小家子气，画风兼容雄浑与秀美。

我以为一个真正的艺术家除了对艺术的坚持不懈与勤奋之外，更重要的是要修身养性，多读圣贤之书，而且，要尽可能地沉潜到民族文化和人类传统文化的深层中去，要悟出规律性的东西来，而不是仅取其皮毛、应取其核其质。艳起尽管已过不惑之年，但他的这份勤奋，他的这份对艺术的执着，他那旺盛的创造力将会不断地给我们带来惊喜。

2006年10月12日于广州大学

解读董玉山的花鸟画

研究中国花鸟画传统，许多画家都将力追宋元或明清，因为宋元是文人画之高峰。但探其当下年轻的花鸟画家，把传统挂在嘴边者为多，尽管画家们的笔下也曾出现过几笔传统的笔墨，但品位之余，却尽是现代人的情致或者现代人的俗气或者现代人的浮躁气。

所以，沉思默想之后，我们不得不对年轻的花鸟画家董玉山肃然起敬，他那一笔笔精美温馨，充满着传统文人气息而无一丝杂念的花鸟画让我独生情趣，对他花费近十年的时间营造距宋元数百年后的那种超离尘世的空灵的精神世界尤感惊叹。

被誉为后世文人泼墨写意花鸟画技法本原之一、并与魏晋道家、以及唐末五代的禅宗思想有渊源关系的五代画家徐熙一变黄筌的细笔勾勒，填彩晕染之法，独创"落墨"法。徐熙自称"落墨之际，未尝以傅色晕淡细碎为功"。这种新的形式的生成虽在五代，但成熟是在明代中叶。从某种程度上说，徐熙的画法为后世的墨笔画、没骨画、写意画提供了基础。而我们探其文人画之根源，无不以老庄哲学为其理论内核，并与南宗禅的蔚兴有着深刻的关联。从唐代王维的"雪里芭蕉"到张璪的"中得心源"论，其实还是文人画的萌芽，而真正奠定文人画理论基础的应是北宋大诗人苏东坡先生了。他和米芾等人在理论上将文人画独立了出来，后再经过元四家的发展而将文人画推向高峰。在苏东坡看来，文人画和画工画本质的区别在于：前者重"意气"，后者拘于"形似"，后者显然是不足取的。董玉山深知其理，故选其前者，远追宋人之法，元人之风，把南齐谢赫的"气韵生动"作为自己创作的最高标准，并自始至终的付诸实践。董玉山多次远赴云南西双版纳，又入天府之国的四川写生，足迹几乎遍及大江南北，他以自身独特的视角，以自然为媒，写自然之韵，揽自然入怀，抒胸中臆气。再观其作品，以黑托白，清雅飘逸，笔笔送到，处处醒透。笔者与董君神交已久，曾在云南西双版纳一同写生，深知董君每遇景物，必细心观察，要历经数日之久。故他描写物态，皆富有生动的意趣，流露的是满纸诗情，作为同道中人，尤对董君精湛的笔墨技法和描写稍纵即逝的景象的能力十分钦佩。

读董君之竹，其落墨为画，以厚墨写竹叶正面，以淡墨写竹叶之反面，以淡干墨写竹杆，刻画细致，层层叠叠、浓浓相宜，灵气顿显，笔法谨严有致，又显潇洒之态，并得文同之神韵，使画面彰显一派纯净、平和、秀雅的意境与格调来。

读董君之梅，梅枝纵横交错，疏密得当，布局巧妙，姿态各异，花朵有的以落墨为主，有的以脂粉写之，设色清丽，尽管寥寥数朵，却表现出千朵万蕊，含笑盈枝的姿态。如果说董君的梅枝是涌动的舞者，那花便是跃动的音符了。

读董君之花，因其生长于牡丹之城的山东菏泽，得天独厚的优势，使其笔下的花卉另有一股灵气。董君作花卉以写生为基础，对真花描写，力求得其形神雅韵，画花时，挥写点染，如笼薄纱，似沐雨露，可谓精工妙写，不让前贤。

观董君作画，如同赏花，如同品茶，朴实而内涵风华。他的墨，不是晕染出来的，是见笔的，所谓"迹与色不相隐映"。他的笔法小而短促。他的色彩直接染出，阴阳明暗，粗中有细，别有一番生动。

怎样形成当代花鸟画的新格式，怎样提炼和发现花鸟画自身所包容的唯美理念，并从哲学和美学的发展中去探其更深的人文内涵？是需要我们大家共同思考的一个艺术命题。花鸟画作为中国传统文化的一个分支，其发展变迁一直是随着中国传统哲学思想的演绎与拓展的，它也必然与一个民族，一个时代，一个社会的哲学相联系。因为一幅优秀的作品，我认为是可以"文以载道"的，是可以"诗以言志"的。

董君由研究五代南唐画家徐熙落墨法为契机，画法尤变，以墨为格，融以薄彩，已逐渐形成了自己的特色。作为一位年轻的花鸟画家，董君的脚步永不会停留于一种创作样式，他的个性，他的才情，不会被人忽略，而在不久的将来，随着他丰富的人生阅历，必然绽放新的光彩。

原载2009年9月21日《中国书画报》总第1922期

周玉珲的乡土情结

　　周玉珲先生的山水画作品，洋溢着热爱乡土、热爱生活的美好憧憬，表现出一种丰润华滋、浓郁的川味以及对山水的绵绵情思与痴迷的眷恋。

　　周玉珲先生自1963年西南师范大学美术系毕业后，便任乐山地区报社美术编辑，1971年从乐山调到井研县文化馆，在群文战线上一干便是三十几个年头。他热爱群众文化工作，更热心于群众美术、书画摄影的辅导工作。在他任职期间，精心辅导和培养了一大批书画爱好者，其中有的考进了各类美术院校，成了专家，而更多的学生则成了活跃于井研县各条战线上及群众文化群体的中坚力量。周玉珲先生曾一度负责文化馆的行政工作，在他烦琐的工作之余，不断磨炼、潜心研究书画，届花甲之年从四川井研脱颖而出，如今已成为画坛一位引人注目的中国山水画家，作品广布于全国及海外。

　　早年，周玉珲先生研习版画创作，并获益丰厚。他的木刻作品《补缺窝》、《桑园》等参加省美协展出，并获市文化局奖励。近年来主攻中国山水画，曾获"浙江神农奖"国画大赛银奖、海峡两岸书画大赛二等奖、美术报"群星闪耀、2001群文书画大赛"银奖、庆祝中华全国工会成立70周年书画摄影艺术大赛一等奖、97东南亚国际现代名家水墨画展金奖等数十个金、银奖项，受到了乐山市政府的高度评价，获得了市政府颁发的第三届峨眉山文艺奖、第四届郭沫若文艺奖，2002年又入选中国美协主办的"纪念毛泽东在延安讲话60周年中国画大展"和"中国西部大地情中国画大展"等国内重大展览。

　　乡土山水是周玉珲先生的主要创作题材，他的山水画创作，其生活主要源于家乡的山山水水，作品呈现出浓郁的地方特色和深厚饱满的生活气息。他很擅长将故乡自然景观纳入人文景观，捕捉自然型体中的表现样式。纵观他的《青山夕照》《故乡》《峡讲夜航》《山乡》等佳作，有气势，充满活力和激情，浓墨淡色、意境恬静空灵，而只有常年融入这片土地、深切感受其乡音，才能品味出那沉淀的人文地理之景观，那青松翠柏、小桥流水、袅袅吹烟，山村隐现，草木华滋，渔歌万唱之趣之情宛然在目。

　　子曰："仁者乐山、智者乐水"自然中的山水，不但成了人们生活中的向往，更是成为了许多画家创作的精神追求，纵观历史，中国山水画灾难各个朝代都占有很重要的地位，尤其是在唐宋时期更为兴盛，到了明清，又步入了一个新的境界。但要让山水出新意却相当难，中国山水除了要把握造型能力、笔墨技巧外，还十分注重人文精神和象征意蕴，主张将自然意境、人格、情感、心态和思索融入山水画中。在周玉珲先生的山水画中，我们看到他以独特的视角猎取生活中的灵气，他老辣苍劲的笔墨中袒露出对人生和艺术痴痴不倦地执着追求。他的作品浑厚、朴实、清秀、富于田园诗情与乡土气息。他以情绘山，以情写景、以情泼墨，寄物寓情，很自然地挖掘和抒写出一种乡土的情怀和绵绵真情。

　　周玉珲先生的山水创作既尊古训，亦重创新，他于传统山水画上下过一番苦功夫，传统文化修养的积累使他能在传统与现代之间游刃有余。所以，他的作品既有民族的，又有现代的。在表现技法上，他的山水画作品以线皴与点皴相结合，以点作皴，积点成线，连线成山，并渗以淡色或渲以淡墨、勾皴点染，墨中见笔，浑然一体，画面构图满而不呆，静而不滞，丰富稳健，色墨交融。他于传统与现代的笔墨中显示出一种新的生命力和美感，并同时透显出他独特的艺术语言特色。

　　"形而山者谓之道，形而下者谓之器"，画技是次要的，重要的是能够有自己独特的艺术语言，表现自己的情感。周玉珲先生虽入花甲之年，但心正年轻，艺术之路还很漫长，我们有理由相信，以其悟性和勤奋，定能创造更大的艺术成就。

　　　　　　　　　　　　2003年2月20日，原刊于《南方艺术》报

浅析刘德林的绘画艺术

  2008年10月9日，我参加湖北美术学院教授、著名画家刘一原先生在中国美术馆举办的"心象风景画展"开幕式。经朋友介绍，认识了来京参加其老师画展的广东青年画家——刘德林先生。

  刘德林，笔名石塈，号桃花山人。1966年出生于湖北省石首市的一个知识分子家庭，从小便受其父亲影响，酷爱书画。1996年考入湖北美术学院国画系研究生班，在著名水墨画家刘一原先生门下研习山水和花鸟画。后德林客居广东中山打拼，尽管工作繁忙，在去年十月获悉恩师要举办个人画展之际，毅然不远千里来到北京参加画展开幕式，仅凭德林这种尊师重教的品德与学习精神，便让我钦佩万分。我也曾在广东客居十余年，与岭南那片广袤的土地结下过不解之缘，并深切感受了那片经济浪潮中所呈现出来的岭南文化与人文气息……我和德林似乎有许多相同之处，于是，我对其画作便自然而然地有了一种说不清、道不明的亲切感。

  大凡每个地方都有每个地方的传统文化气息，有的古朴典雅，有的深邃厚重，有的静谧空寂，就像一个人的性格。而岭南画派的特点是善于创新，重视写生与融入西洋画风。生活在岭南这片土地上的青年画家德林，不仅吸收了岭南画派的创新观点，而且受楚文化影响，又将恩师刘一原先生的"心象"之特点，悄无声息的融入画中。难怪湖北美术学院某教授如此评价德林作品："山水气势磅礴，神秘莫测，意境深邃，其花鸟情趣盎然，耐人寻味"。读德林的山水、花鸟画作品，其特别之处在于初显野逸，却不张扬，不显露，淡若处子，反复再读之后，又有少许伤感、悲怜之情，时而又有几分铮铮傲骨、凛然豪气。一切的存在都浑然融合于这种意象之中，一切的生发都彰显出不加任何雕琢的自然之态。

纵观当代山水画的发展方向，不外乎以下几种：一是继承传统笔墨与体格，走的是一条"摹古形式主义"的路子。要么沿袭以李思训父子为代表的北派山水，皴擦勾染、工细巧整、草木华滋、设色高雅；要么沿袭以王维和赵孟頫为代表的南派山水（也称之为文人山水画），空灵超逸、典雅含蓄、崇尚笔墨情趣、抒情写意。二是继承传统笔墨形式，重视写生，注重"师法造化""我用我法"，以自然为师，强调艺术创作来源生活而高于生活。三是完全脱离传统笔墨，借鉴构成与西画构图样式，走的是一条抽象或意象之路。很显然，悟性极高的德林走的是一条介于三者之间的"外师造化""以中为体，以西为用""混沌幽玄""浪漫抒情"的混合型创作路子。

我分析德林作品的成功之处主要来自三方面：

一是德林崇尚自然，重视写生。"搜尽奇峰打草稿"（石涛语）、"搜妙创真"用心态化了的山川表达画家心中的景象。其视野开阔，情景相融，饱含着鲜活的生活气息、时代风貌和现代意识，通过对自然特质的刻画，表现出山川的内在美，深化了大山大水的体积感与生命持重性，彰显出朴野、自然独特的意态与神韵。

二是德林注重传统笔墨、力求时代新意。他极其偏爱八大、髡残、石涛、弘仁，而后上朔明之戴进，元之王蒙，递进于宋之李唐、范宽、李成，五代之荆浩、关仝。现代画家则喜好长安画派的石鲁、刘一原先生的"心象"特点，台湾的刘国松，法国的赵无极。对西方现代派的波洛克，荷兰的凡·高之作也情有独钟。通过对中、外美术史的梳理、探求，认为宋之意境，元之笔墨，清之创新笔墨图式，西方现代派的色彩，表现出的意蕴及神秘、混沌，皆为可取。他的喜好，既是他艺术的追求及作品特质、内涵的体现。以特定的笔墨作为载体，时而用笔古朴、苍劲，时而率意、朴野，时而大泼大洒、彩墨交融，显现出山水意境的高远，深邃或混沌、幽玄；花鸟的笔墨凝炼、含情吐纳、变化莫测。以此反映出画家向往天人和谐、"以形媚道"，重归自然的心性和富于浪漫主义色彩的理想情愫。

三是德林有不凡的社会阅历和广阔的胸怀。加之喜研周易与老庄哲学，他认为南齐·谢赫《古画品录序》之"气韵生动"中的"气"，便是天地的"元气"。"气韵生动"是一幅作品完成后的感觉，非妄指烟云，它是靠"写"，予以表情达意。整个"六法"论，不外乎"气""写"两字而已。"气"便是宇宙之气、生命之气、书卷之气、清秀之气、雄壮之气、野逸之气等；"传移模写"中的"写"字，是"泻"之意。中国古文字中，泄水为写，又含倾、尽之义。德林深谙此道，有了理论作指导后，他的作品便具有了历史的生命顿悟与内涵。加上多年的坎坷求学之路，又因转学多位名师，博学兼优，广采兼收，以前人之思想胸襟来开拓自己系统的绘画理论体系，这正是德林为人称道之处。

德林足迹遍布祖国的大江南北，曾五上太行、三登黄山，主张"意象造型""天人合一""澄怀味象""迁想妙得"的自由境界，将自己对宇宙、社会、人生的感悟和对艺术的追求，洋洋洒洒诉诸笔端，体现出画家物我交融的艺术境象。如《秋林夕照》《气贯长虹》《万壑流泉》《采薪图》等作品，笔墨苍劲松秀，云山渲晕一体，讲究宏大气势，在技法上并具宋元遗风，风格上也带有岭南画派的印迹，其洒脱率意的笔墨意境中，蕴含张力与自然真趣。古人云："山脉之通，按其水径；水道之达，理其山形。"德林在不断地实践中自觉而有意识地锤炼着自己独特的语言符号和作品的学术价值，这对于当下许多起步较晚而"吹毛求疵"的青年画家，无疑有着重要的启示意义。

一方山水养一方人，德林很年轻，并善于从传统中汲取营养，从生活中提炼艺术，从绘画材料到技巧手法上，又正在逐渐做些探索，这是可喜可贺的。能站在当代人文精神的诉求上，反映东方人文精神内涵的山水画家并不多，这表明德林的创新之路还有更为广阔的空间和巨大的发展潜力。近年来，德林作品多次参加全国诸多大型画展并部分获奖，且被国内外多家文化单位及日本、澳大利亚、韩国、美国、台湾、香港友人收藏，广受好评。

2009年5月26日

读刘丁林《版纳之春》有感

许是童年的记忆，有关西双版纳的电影仍常穿越于脑海中，使我对西双版纳美丽与神秘的记忆一直刻骨铭心，以致我多次带学生走进那片令人神往的地方。也多次想把自己投入那片缤纷的"花花世界"中去，去拥抱自然，与之畅游。佛家有曰："一花一世界，一叶一如来，春来花自青，秋至叶飘零，无穷般若心自在，语默动静体自然。"我只愿有一天能化作一粒尘埃，潇潇洒洒地融入那天然的颜色中，融入到暖暖的春花秋月里，融入到画家笔下那一纸的眷念。

绵绵春光，满地的碧绿，触手可及，却又在一伸手间，消失在如织如梦里。那份孤独，那份寂静，在画家的笔墨深处，物象万千，一去千里，恍如隔世，又如夜夜飘香的山花。读丁林的画，需要坐在一处宁静的咖啡屋里，那份苦中的青涩，那份甜中的幽香，使你在这样一个季节里，独自品味，朴素而干净，真诚而坦然。

此时丁林让自己如此地接近这片绿，以至于所有的花朵在她的笔下均已消失不见，而与满溢而出的一堆树叶混在一起，与她的作品混在一起。丁林以零距离的观察方法，记录这一切让她激动的绿色，一根线，一根线，如同金属般的质感，让人错觉的细细的叶子互相依赖着，被头顶的阳光耀眼地照耀着，那树后的透明，把一层薄薄的雾覆盖住了……画家借用多个三角形构图进行组合与切割，取得了令人惊喜的视觉效果。而所有的绿却都是为了一只孔雀做的铺垫，它悄悄地走近你，好像从很远的一角移步过来，它羞涩的脸庞低垂下去，刚健有力的脚轻轻地踩在一块顽石上，它炯炯有神的眼光似乎也在告诉你，如果你也把眼睛放低，你看到的将是另一片风景。

丁林是我工作室长年班学生，很有意思的是，她曾在我的家乡生活工作数十年而未识，当她回到北京，进入我工作室学习，才知她骨子里对艺术的那份热爱与追求。《版纳之春》是她在西双版纳写生之后回京创作的一幅作品。画面用色单纯，单纯到似乎只有一种颜色，那就是石绿，然后剩下墨，剩下灰，剩下蓝，剩下白。丁林仅用一只孔雀便牵住了读者的眼球，她中锋用笔勾线，用墨细细分染出头、腹、背、翅膀的结构关系，再用色接染，丝毛，点睛完成。步骤虽简单，但要做到用意笔之法来求工笔的精细，却是许多工笔画家难以胜任的。丁林对我的教学思路铭记于心，倾注于笔，以单纯的物象营造出一片沉静与优雅的境界。

这境界，如冥冥中的缘分，也如那奇妙的自然，千言万语，全画在了纸上。

原载2018年4月11日《中国书画报》总第2765期

读梁瀚文《岁月静好》有感

　　风月过去，那是一个早晨，雾，从手指的地方扫描过来，打在脸上，画纸上的轮廓线被渐渐升起的阳光压缩了形状。美丽而神奇的西双版纳，我们在抵达你的世界时，心中的神话已经开始闹腾起来了。

　　这幅《岁月静好》，是梁瀚文去西双版纳写生之后创作的其中的一幅。军人出身的瀚文满怀激情的笔下，也尽是生机盎然的自然意趣，仿佛一直与花有缘，那阔大的芭蕉叶和那妩媚的湾子木，竟然漫舞轻戈的摇曳过来，碰撞出月牙儿一样奇妙的情愫，在画家的笔下，生机蓬勃，盛情难却，竟是妙造的自然。

　　五代十国时期，当时的花鸟画承袭唐代的绘画写生传统，并在这一基础上在表现技法和意境上都有了新的突破，更为明显的是继承和发扬了描绘大自然的写实传统，以求源于生活，取法自然，天然独造，锐意革新，获得了很高的艺术成就而流传千古。其中最为突出的属西蜀黄筌（今成都人）和南唐徐熙（今南京人）两位画家，形成"徐黄异体"，交相辉映，并驾齐驱，在画史上成为两大流派。宋郭若虚曾评价说："黄家富贵，徐家野逸。"我们从黄筌的《写生珍禽图》便可见禽鸟的毛画得柔软，翎画得有些刚硬，翎与毛有如此明显的区分是让人惊叹和震撼的，那种精细，工整，那种生动是不言而喻的。《写生珍禽图》扑面而来的气息可谓形神兼备，笔意精妙，有高韵，有气骨，妙造自然，就如活生生的自然一样。而徐熙花鸟画以"野逸""落墨法"为风格特色，他和黄筌一样重视写生，有"徐熙以墨笔画之，殊草草，略施丹粉而已，神气迥出，别有生动之意"。我们从徐熙的《雪竹图轴》来略做分析：其画作极其工整精微，其营造的幽深静谧的境界如身临其境一般，这些物象在浑茫背景之前的前后空间关系，那么妥帖和自然。再看画作左下角竹竿后面寒冬残叶的画法，此"草草"绝不是黄筌那种"小笔精微"，也不像一般工笔画那样勾线后层层晕染，而是通过背景晕染的墨把树叶"逼"出来。大概是用墨笔先辅点，随之水笔接染，应在少数的遍数完成。其画面竹枝和竹叶也是此方法，这种画法给人爽快，与黄筌讲究骨力骨法用笔确有区别，显然突出了徐熙"逸笔草草"之特点。

用一大段文字抛出古代黄筌与徐熙，显然，我艺术之路是深受其影响的。我入天津美院时学写意，几年后转入兼工写，再至工笔，从2012年后，我的画风突变，一是去婺源看望恩师林凡先生时（先生当时客居江西婺源），受恩师无意中的言语点拨，二是我深受唐宋画风影响，许是我骨子里一直对大开大合的"场景画"情有独钟吧！这一时期，我的作品几乎全部是"深远纵横叠合"式，即小画当大画来创作，非我2012年以前的"折枝画"可比。我此时追求画面场景宏大，物象纵横交错，层次空间分明，意境深远；画面更加讲究文学性、抒情性、思想性与可读性，并坚持以表现人文思想和自然境界为大美的创作主旋律，这批作品问世后获得恩师及美术界一致好评。由于我习意笔在先，故我的工笔染色也不是一般工笔画那样"三矾九染"，我的线也不是传统的"钉头鼠尾"。我是用意笔的线来勾工笔画线的，如同"逸笔草草"之画作，便比一般工笔画多了一份灵动活泼，多了一份自然野逸，多了一份精神的气质。

再说瀚文，在进入我工作室学习后，瀚文对我的艺术主张和思想观念，心领神悟，勤奋有加。在她练就扎实的基本功后面，其作品"野逸"的精神气质也逐渐凸显出来，其2017年在我暑假研修班创作的作品《岁月静好》，显然承袭了唐宋遗风，重形神兼备与物象质感，刻画精细入微，画面布景匀称，笔法飘逸，色彩明丽，意境深远，便可见一斑……

我常说，不管跟随哪位老师学习，重要的不仅学其技法上的"一招两式"，虽然技法很重要，手上功夫很重要，但最重要是要深悟老师的思想观念与其艺术主张，这才是一个学习者要明白的"核心"要领。人们常说，个人志向与生活环境决定了一个画家的追求，瀚文曾学习西洋油画多年，后转入中国画学习，加之其超然的禀性，军人出身的社会阅历，深厚的文化素养，尤其难能可贵的是，瀚文和我工作室其他学员一样，没有随北京诸多学画者一样急功近利，而是一步一个脚印，踏踏实实的学习，我相信将来其绘画成就一定能绽放丰富多彩的光芒。

清风起处，澄如秋水，岁月自当静好。

刊于2018年3月21日《中国书画报》总第2762期

读梁慧洁《风姿绰约》有感

万木萧萧，鸟惊寒林。举头之时，才发现，韶光已逝，苍茫之地，似唯我独存。在深夜，当心静之时，读慧洁的画，如秋风扫落叶，相由心生，境随心转，云烟过去，只须三两朵花儿，便可入我心扉。如果当我远去，有谁能识我，身后那片芭蕉林里婉转的美丽。

二月，还是在南方，还是在西双版纳，我居河水之上游，极目之地，仍是那千回百转之一轮孤月，照耀这满纸的湛蓝，照耀我，风尘仆仆的旅程。虽早已心游万物之外，却只有《风姿绰约》这般的"静"打动我，此时此刻，我只想融入那寂静的画中去，化作一只蝶，让鸟儿青睐，再化作一朵花，让蜂鸟追随。

夜读慧洁的画，亦如夜读庄子的"静"，需要全心静气，精神集聚，思想专注。唯恐一不小心，惊扰了这似乎要消褪的颜色，唯恐一不小心，惊扰了这小心翼翼的雀鸟，唯恐一不小心，惊扰了树上那如禅心明澈之花。我不由感叹这世间万物，怎会有如此的机缘，怎会有如此的生命感应，我甚至无端地痴想，如果给我一支墨笔，我是否也能创造另一种隐世桃源？

慧洁对我说，老师，您教教我怎么营造意境吧。我笑笑说，如果我不能，庄子一定能的。庄子说，要保持内心的清澈澄明，要摆脱现实的束缚和制约，让心灵释放，只有心灵得到了自由，才能通达"静"这一最高的美学审美境界。中国画是让人静下来的艺术，它不表现焦虑，不表现浮躁，它追求大静至远，天人合一，这种艺术观念源自老庄的哲学思想。而在审美和艺术创造里，"静"可以摒弃各种杂念和客观世界而进入一个高度自由，向无限空间飞跃的自然世界。对于"静"的追求，更是一种人格审美意趣与表达学养高低的深刻表现。我懵懂也仅略懂一二。慧洁说，如此才能激发灵感，才能赋予物象以生命的律动，才能打动人心，是吗？我想，这正是慧洁的聪明，她也懂，澄怀观道，静而求之，方有其《风姿绰约》的诞生。

《风姿绰约》的确给读者营造了一种"虚静"的境界。线还是那样的线，蓝还是那样的蓝，花还是那样的花，天还是那片天，云还是那朵云；只是这孔雀，你无法看清她的面貌，无法猜测她的眼神，更无法知晓她的心思。是超然出尘的闲逸，还是信步游庭的别离？

作者在画中题跋："风姿绰约翘首望，万绿丛中舞霓裳。"我想，生命自有它的广度，红尘俗世，保持一颗"静"心，所有的鹤望兰花都会为你而开。

刊于2018年4月25日《中国书画报》总第2767期

读张力《晚秋心事》有感

品读张力工笔重彩作品《晚秋心事》，心底刹那间掠过一丝沉重，莫名的惆怅忽然袭来，淡淡地散落在画中的每一个角落。那独自低飞的鸟，它或许已飞跃千古，又或许它心怀千古，它凝结而充满惊奇的眼神，却又蕴含了多少独绰之美。我似乎听到那来自远古的歌声，正悄悄的潜入一段缠绵的宋词里：

"碧云天，黄叶地。秋色连波，波上寒烟翠。山映斜阳天接水。芳草无情，更在斜阳外……"读张力的《晚秋心事》，我便自然地想到了范仲淹的《苏幕遮·怀旧》。范先生的这篇宏伟之词，亦如张力的巨幅作品，物象典型，境界宏大，空灵气象，其愁思之浓，多事之秋，跃然纸上。作品中每一处叶子，一朵朵盛开的花，甚至一尊红石，一处杂草，一只飞翔的鸟，其连绵不绝、充盈天地之景，与作者心思融洽无间，构成了深邃沉挚、完美融彻的艺术境界。

较为成熟的重彩画的发展最早可以上溯至隋代，如展子虔的《游春图》是迄今为止保存最早的工笔重彩青绿山水画，至唐代的李思训的《江帆楼阁图》，李昭道的《明皇幸蜀图》等，都是中国最早期重要的重彩作品。直到中唐时期，中国花鸟画才发展成熟并正式独立成科，可以作为标志的便是边鸾，于锡，梁广等一大批花鸟画家的涌现。其中的边鸾的成就最高，他长于写生，画法重工笔重彩，赋彩鲜明艳丽，并创"勾勒填彩"法。中国花鸟画工笔设色技法，到边鸾已经达到相当高的水平了，到五代黄筌父子（子黄居寀）时期更是获得了进一步发扬光大。黄筌的富贵不仅表现在对象的珍奇，在画法上工细，设色浓丽，形象生动逼真，多显富贵之气。

张力是我工作室长年班的学员，跟随我学习的时间最长，她独爱工笔重彩并十分钟爱我倡导的大开大合的"深远纵横叠合式"作品。对于学习，张力常常荡漾在传统与现代之间，她一边深研传统，一边积极探寻现代构成方式，其作品已多次入选全国大展。作品《晚秋心事》全画不露笔墨，近处的芭蕉叶用石绿、石青、鹅黄、赭石、青花染出，后面的芭蕉叶则采用胭脂、焦茶、朱砂染出且与前面的叶子形成鲜明对比；画面上方背景用深绿辅之，与右下方的留白形成极大反差，给读者带来较强的视觉冲击力。全画采用淡墨勾线染色，并借助双钩填色法，积墨积色法，"现代构成"等多种表现形式来对作品进行独特的裁切，加之作品赋色浓艳，层次分明，繁而不乱，使原本普通的一片芭蕉林增添了几分神秘，几分厚重，几分真实，显然，这正是张力作品的成功之处。

美则美矣，画家心中的景象或许不是这秋风萧瑟下的芭蕉之花，也非那渐远渐近的南国火焰之媚。千古幽情，相逢不语，只求画下一段韶光与这韶光中的画面，轮回流传。

原载2018年3月28日《中国书画报》总第2763期

读白红《雾里荷塘》有感

　　据说，在自然宇宙还未开化之前，天地间是一团混沌之气，这股混沌之气在斗转星移中，按自然法则分成阴阳二气。我们常说，天下万物，皆因自然宇宙而生成，在人类的发展进程中，我们的古人把对宇宙万物两种相反相成的性质定义为一种抽象的，也是宇宙对立统一的思维法则与哲学范畴。孔子《易传》曰"一阴一阳谓之道"。阴阳一体两面，彼此互藏，相感替换，不可执一而定象。二者虽无定象，随道而变，上皆可为道，下亦可为器。道用无穷，处处有之，因用而论。用即出，阴阳即定，二者虽定，亦随时而变迁。故曰：阴阳不二，以一而待之。一者太极是也，统领二物，相互作用，运化万千，故无极生太极，太极生两仪……

　　莲花，在人类出现以前，大约十万年前，是被子植物中起源最早的植物之一，历来为古往今来诗人墨客歌咏绘画的题材之一，莲花有"莲花藏世界"之义，按佛教的解释，莲花是"报身佛所居之"净土"，更是佛教文化的象征之一。在中国画坛，画莲写莲者甚多。然，当我读白红的作品《雾里荷塘》后，却莫名的心潮澎湃，万千思绪，涌上心头。"半亩方塘一鉴开，天光云影共徘徊。问渠那得清如许？为有源头活水来。"宋代朱熹的这首诗为我解开了胸中的疑惑。白红没有画云，我却看到了天光云影，看到了阳光正普照于莲塘之上。白红没有画水，我却看到了如同明镜，清澈见底的莲塘深处，那泛起的阵阵涟漪。这一切，正如自然法则中的"阴阳二气"，周而复始的流转。虽一株小小的蒲草，一朵小小的花，都是画家经过顺应自然，亲近自然并获得"师造化"最为直接的生命体验。整幅作品，似阴阳对阵，天地日月，雨露阳光，大小聚散，远近开合，疏密虚实，黑白对比，在白红的作品中无不一一尽显。

白红是我工作室长年班的学生，她从传统中走来，在传统表现形式上，又加入现代构成样式，做到活学活用。那富于节奏感排列而姿态各异的莲叶，那亭亭净植的荷杆，那妖娆得令人骨酥的莲花，如果作者没有在实践中得到天地自然之感应，怎可画出在雾起云涌中如此感人的作品。在白红的作品中，我们可以看到她真实地描绘物象，却也看到她通过莲塘这个载体，表达出人生不一样的哲学思维观念和对"道"的认知，喻物笃情，传情达意，并赋予莲花以圣洁高雅，和谐平安的高尚品格与丰富的情思。

我们也常说：一份耕耘一份收获，云来自有雨去。生命的起落，一如这莲塘秋水，自然而透彻。观照自然物象，表现物象内在神韵，永远是艺术家画出感人作品的先决条件。白红深谙自然法则并对我的十二字教学方针"灵活多变，举一反三，触类旁通"多有深究与体悟。她以"心游于师"的学习心态再造自然，以中国传统美学为支撑，这种求索的精神必定在她以后的艺术实践中再上新的台阶。

刊于2018年4月18日《中国书画报》总第2766期

读王保萍《瞬间花开》有感

在早春的日子里，似乎没有见过这样的碧蓝，没有见过这样纷纷扰扰的深绿。似乎又曾见过，那海天一色的蓝不是曾温馨过我的一夜清梦吗？那湖光山石的绿不是曾见证过我摇滚而去的诗行吗？我记得在丽江那美丽的泸沽湖，在诗的远方，我看到过那样清冷的蓝，在我深藏的记忆里，永远激荡我不曾平静的心。我也如同芳华盛开的花下一只山齿鹑，飞奔而去，理想中的旅途，要去的地方好遥远。

这幅《瞬间花开》尺幅虽小却是保萍写生后创作的一幅作品。画面一株非洲芙蓉花盛开，阔大的叶子低垂下去，三两朵芙蓉花竞相绽放，疏密、大小错落有致。她用群青、酞青蓝、花青几种蓝色渲染叶子和背景，花下画一只飞奔的山齿鹑，设色优雅，冷暖对比鲜明，尽得唐宋画风之妙。纵观整个画面，用色单纯，构图简练而又现代感十足。作者用大量的留白，对应画上大片的蓝色调、花瓣用胭脂，禽鸟用焦赭，使画面更加凝神、静气，而呈现一股清冷飘逸的富贵气。

技法上，《瞬间花开》虽为传统的折枝画，但作者在构图上融入现代构成理念，对画面进行合理的分割，不仅增添了作品的形式感，也获得较为神秘的纵深空间。在设色上作者也没有流于一般工笔的渲染法，而是打破常规，没有用墨线勾勒叶脉，而是直接用色、墨通过多次渲染来烘染叶子的结构关系，并使叶子的质感、厚度得以加强，色墨交融，一股灵动、洒脱之美跃然纸上。

保萍非常擅于从生活中寻找表现题材，她在长期深入观察一花一叶的生活中寻找灵感，并随我工作室在西双版纳植物园写生多日，得自然物态物理，感受自然界多姿多彩瞬间发生的事物。所以，保萍的作品得自然真情实感而富于天趣，可贵的是，她将以往其他某些工笔画家那种矫揉造作与艳俗抛之脑后，寥寥几枝几叶，达到了令观者也深感这样的画面贴近生活的目的，此情此景，宛如亲见一般。细读此作，我们深深感受到那种用笔的严谨与状物的细腻，那花开的瞬间被画家细心地捕捉，尤其是那飞奔中可爱的山齿鹑，其神采奕奕的眼神，不仅是形体上真实的再现，更是提升了画面意境，作者将繁华背后生生不息之自然生命与不为世俗所动的心态展现无遗。

我本寻常人，自然喜爱这寻常景物，更喜欢那种素净的田园，喜欢那寂静的芙蓉竞放的高古意境，喜欢那一如古典诗词里的芬芳粲然。这娇美动人的花瓣，这傲视群芳的清姿，这妖娆了无数春秋的幽情，这寂寞绯红的倚梦，一纸书笺，一湖湛蓝，无论沧海，无论馨香几瓣，唯见眼前这湖山依旧、水阔依然。我将隐逸那湛蓝的对岸，栖息于水天深处，等待花开，等待花落。等待一只山齿鹑为我解开这花海间"不问归途，何处潮来潮往的美好？"我亦不知飞奔何处，只怕此生要与这清风雅韵相伴难舍难分了。

原载2018年5月2日《中国书画报》总第2768期

读张雪林《故园初雪》有感

雪，无声地漫过黑夜，漫过故乡那还沉浸在梦里的一堆旧事。所有的记忆似乎仍留在昨天，许是悠然，许是惆怅，但已都被厚厚的雪覆盖了，我无处寻觅，早已不见了来时的脚印。

其实，我不止第一次看见故园的雪，大雪纷飞的年代，我曾多少次去踏雪寻梅，而每次总是无功而返；我也曾多少次躲在我的小画室里，我把瑞雪和苍山全部画进我的画里，如音符跃动的雪花，如连绵舞动的苍岭银蛇，我总想，如此这般美好的景致，又怎有梅花那般飘逸脱俗？而只有一种叫戴胜的鸟，总是年年岁岁，在我隐逸的凡尘间，来了，又走，走了又来。

张雪林是我在中国人民大学画院高研班所教的一名学生，作为河北沧州一名地方文化馆的专职画家，雪林是幸运的，她较高的修养和悟性，亦如她笔下的作品一样超凡素雅。画如其人，她的名字，亦如这片皑皑的雪林，是那样的静谧，那样的盈盈如月的皎洁。在这幅作品中，画家没去专注于闲花野草的刻画，而将茫茫雪地注入饱满情思，用没骨法（撞墨撞色）画树干和树枝，丫枝横斜，疏密有致，画面大量的留白，用暖色调映衬出喜庆中的禽鸟。从表现手法上，作者采用山水画常用的"三远法"之平远法，使禽鸟穿插于林间，或飞或

立或仰，姿态各异，互相嬉闹，可谓情景交融。而整幅画面树枝和鸟虽各有各的分布，却高低不同，层次变化丰富而过渡自然，如乐谱上跳动的音符，营造出重峦叠嶂，清旷幽远的意境。作品《故园初雪》色彩纯净，气韵高逸，洋溢着画家对自然的热爱，对每一种生命的怜爱，也是作者自然恬淡心境的显露。无疑，也给读者传达出了一种颤动的生命感受。

读雪林的作品，似乎要清洗一身尘埃，焚香沐浴，才可以亲近那片净土，才能聆听到那雪地的声音。这个夜晚，虽冷，却被画家渲染出一片温馨感人的情境，如梦如幻如诗般令人神往。

刊于2018年4月4日《中国书画报》总第2764期

读谭文菲《梧桐花开》有感

有人说：如果你来，所有的花都将为你而开，如果你离去，所有的花都将因你而凋落。想到这样绝美的句子，我的心里一阵阵忧伤起来，这样的境界，似乎已远离了我，远离了这个喧闹的城市。如花如人一样，几多愁思几多铭心刻骨，所谓伊人，在水一方，这种情愫，这般儿女情长，其实，与一位女画家无关，更与画家笔下的题材无关。

走近文菲的作品，才知那是梧桐花开，才知，那已是晚春时节，那种恬淡而宁静的气息，从文菲的画面上徐徐升起，我只想说：清新脱俗，此时落花无言。

她，似乎是从徽派建筑群里走来的，也似乎从徽州山水间走来的，在春雨霏霏的旅途里，夜宿渔舟，聆听悠远的渔歌，划破这寂静的紫蓝色的绽放。我不由感叹，虽是晚春，却也万花竞开，仍感春到人间，如诗的韵致，千古的离骚，拂袖间，只见一位女子的笔下，已是落英缤纷……这种影像，如电影一般，不停地浮现在我的脑海里。我的到来，也虽晚了些，但梧桐花懂我。文菲对我说：老师，如果花一直在落，都要画下吗？我轻轻地回答：要的。

文菲在我工作室研修一年，成绩斐然，作品多次入选全国大展，但文菲不骄不躁，谦虚好学，内敛沉静，对色彩有极其敏感的天赋，能够记下她印象最深的颜色。她以记忆入画，经过情感的融化，细致的提炼，概括出自己的艺术物象，但这次，文菲在她的作品《梧桐花开》里，并没有用太多的紫，这需要打破常规，需要勇气。她用了大量的白去画每一朵娇小的花，层层晕染，虽是白色，每一朵用色却不相同。要注意前后上下关系，注意虚实与空间关系，要化整为零，要注意主次分明，要注意协调与鹅的呼应色调。在表现技法上，文菲对这幅作品运用了传统的渲染法，没骨法，运用了泼色，撞水等技法，还好，文菲都做到了，而且做得很好。记得那个下午，文菲画下最后一笔，那片渔舟外的景象，那棵在风中轻轻颤动的梧桐树，还有那群宿雨之后不知觅食的鹅还是闻香的鹅，永远定格在了一个人美好的春天里。

刊于2018年5月8日《中国书画报》总第2769期

剑气欲骑月明　四訪又失蓬莱

秋阴欲出月垂丹　　　長安

尘埃雲下玉龍游戲月中　

女牛細眼看　錦江　　華山夜酒　倚画江月

秋光專城雨窗寒　子林尽刷碧山色
群宁自秦蕭騷意　蒼華偏憐
閒鼇仙稍愛子雲氣　早共　近云屋
南語雙人語　派泛与隆山水
閒墨叢范鼠筆真

歲次丁酉春　社月北京快心齋　未君

香港《文汇报》 记者专访

记者：许琼　胡若璋
地址：深圳南山区鹏宝轩画廊
时间：2014年7月18日

　　未君先生的绘画艺术继承了我国优良的文化统，他追溯宋人花鸟画的审美意境而迁想妙得。以小写意的笔法，用简单、遒劲而精细的线条，将物象徐徐而稳健地挥洒出来，营造出灵动而富有生命力的淋漓之境，使画面承载着充满野性、繁茂的原生态自然之美，渗透出人文理解和现代精神。纵然有别于当代的喧嚣和草草墨戏之作，形成了自己独特的绘画语言，带有实足的文人气氛而又不失品格神韵，其诗意般的画面无疑是当代花鸟画的一道别样风景。

未君先生有一种健康的艺术素质，艺术只有健康，才能呼应人的心灵。一个人的艺术才华与社会磨炼，对画家的成长过程和文化积累、艺术修养、创作能量都无一不显示出决定性的作用。难能可贵的是，未君先生非常明白艺术的展现重在它的开拓。近些年，未君先生也致力为自己开拓渠道，展示自己的内心和精神世界。

艺术家个人的能力，其中的能力包括了艺术家与生俱来的天赋、文化底蕴、个人品性修养，未君先生在这一方面都很优秀。而未君先生正因为有这样一种健康的艺术素质，他的创作才那么值得大家去关注与期待的。

文汇报： 从最近几年的全国性大展作品来看，工笔画参展作品比例占了百分之七八十，以至于许多写意画家也"掉转车头"去专门从事工笔画创作，请分享下您的理解。

未君： 是的，的确这几年，全国中国画大展作品中，工笔画已经在之前百分比占少数的情况下上升到超过半数了。这里面一个不容忽视的因素，就是社会大众逐渐明白艺术形象塑造的重要性。而写意画家们，往往把笔墨情趣放在第一位，而忽视了刻画具体形象应该是社会大众的普遍要求。工笔画家们，特别是我们这些职业画家，同样需要"形"的凸显，需要"意"的表达。而不能忘乎所以的只要达到"趣味"的目的和不顾一切地"制作"就行了。

文汇报：吴冠中曾坦言："中国的画家太多了"，您作为在北京的职业画家有怎样切身感受？

未君：近些年，"蜗居"在北京的画家据说有几十万之多。我的老师林凡先生说过，作为一个艺术家，当他在还没有冒出尖尖，还在往上拱的时候，是不顾一切的。为了生存，为了理想，往往就像蚂蚁翻地一样的可怜和奇怪。当然，也有一部分职业画家在学术和市场"两条路"都做得很好，在国内外都产生了很大的影响，是值得我们借鉴的。

文汇报：在当下经济大浪潮时代，画家们大多变得浮躁起来，您作为一个职业画家会刻意去培养自己的"圈子"吗？

未君：在当下经济大潮时代，画家们大多变得浮躁起来，其实也是一种正常现象。作为职业画家，说实在话，我需要养家糊口，也需要谨慎自己的创作。可以说，画家的知名度是需要通过作品来创建的。我的作品在一定程度上会去考虑市场的需求和藏家喜好，因为我毕竟是一名职业画家，但也不会完全迎合市场。现在北京有许多十分清高而玩当代艺术的所谓艺术家，那些别人都看不懂，利用废品堆积而成的"艺术"成为当下艺术中的一种另类。而他们也十分自嘲地说："总有一天收藏家会认可的。"所以，要走艺术这条路，还需要一个很漫长的过程。社会阅历，文化修养，人文情怀的东西都需要积累。说到圈子，我曾在2008

年的时候做了一本《国画收藏》的杂志，不为盈利，只为给广大的画友同人建立一个更广泛交流的平台。但是值得一提的是，我在第一期杂志创刊时就已经实现收支平衡，这对我是个很大的鼓励，虽然我的初衷并非为了赚钱。通过这本杂志，我结识了许多全国有影响力的名画家，成为他们的忘年交朋友。通过广泛地向这些前辈或同人学习，使自己的思想境界得到了很大的提高。

文汇报：与所有的成功者的人生经历一样，您经历了"劳其筋骨，瘦其肌肤，费其心智"的过程。为追求绘画艺术，先客居岭南多年，而后北上津门深造，师从霍春阳教授，后重返岭南任教于广州大学，两年后继而再度北上求学于中国艺术研究院，师从郭怡孮教授，后定居京华，成为一名职业画家，拜一代大家林凡先生门下。在我们的交流中，我们发现您的几位老师尤其是林凡老师出现的频率很高。

未君：首先，我是林先生真真正正的入室弟子；其次，我们要常怀感恩之心。在林老的为人处世中，他的豁达、善良、才华，使我耳濡目染。从林老的诗中，每次吟读每次都让我激动不已，也每次像灵魂得到洗礼一般能静下心来思考许多事。在林老的画中，我们也能读出一颗飘游而隽永的灵魂，这是一位行走在文化疆土之上的智者，一位为艺术事业孜孜不倦求索的真正的艺术大家，他是我们永远值得去仰望的一棵艺术大树。

文汇报：您此次来深圳举办画展，还有什么样的感受？

未君：感受很多啊！我和深圳的缘分早在18年前就开启了。我生平第一次作品就是在《深圳商报》上发表的。时隔3年后，我又第一次在深圳图书大厦举办了个人画展。如今，一晃近二十年，我再次携近作来深圳展出，算是我个人这些年南来北往艺术求索之后的一次汇报展吧。这次来深圳，见到了许多老朋友，也结识了一些新朋友，大家对我作品的喜爱和关注已经远远超出我的预期，我感到十分高兴，我收获很多。

文汇报：你目前有什么创作目标，最大的愿望是什么？

未君：作为职业画家，我仍会继续努力创作，一个画家，只有画出优秀的作品才是我们最大的目标。从画风上说，接下来我仍会注重写意画和工笔画相结合的创作方式，以小写意的笔法去研究自己的工笔性的绘画语言，力求在水墨重彩画方面做更深层的探索，使作品更富个性和内涵，更富于思想性和文学叙事性；在绘画表现形式上会继续在大场景、大格局上继续深入研究，追求雅俗共赏的新面貌。

最大的愿望依然是把画画好，然后会在古代绘画史论和绘画美学方面做进一步研究学习，使自己在学术上有一个清醒的认识和提高。

本文原刊于2014年7月25日香港《文汇报》第2版

湖南《益阳城市报》记者专访

记者：田汉文（以下简称记者）
地址：益阳市某饭店
时间：2008年10月18日

烂泥湖原名来仪湖，是凤求凰成功后行礼的地方。未君先生是从这块土地上飞出的一只鸟，一只追求艺术之凰的凤。

十几年前，他只身来到县城弄文学，主办文联的刊物《新人》，并创作了不少的诗歌和小说。刊物也办成了能接纳全国作者来稿的小开本杂志，也获得了一些全国有影响的名人支持，如杨春光、刘犁等诗歌评论家，就经常来信来稿指导支持。当年，他准备就绪出一本诗集，杨春光看过他的诗稿就写了一篇序评，给他创作的作品予以了充分的肯定。

在县城文联编《新人》将近半年，未君先生为求更好的发展，又只身南下深圳，并辗转于东莞、广州工作。并在东莞居住工作七八年之久，未君先生以自己的成就获得了"十大杰出外来青年"称号，并被《南方都市报》专题专版报道。自从未君先生南下之后我们就失去联系了。后来听说他成为一名在全国均有一定影响力的画家，还在广州大学做过老师。不知道一个从事多年写作的人，怎么一下子又成了画家？我想，未君先生的人生里一定有很多故事吧。上月底，未君先生回了一趟益阳，看到了他带回来的他最新创办的《国画收藏》杂志和他出版的画册，我大为惊讶。在饭桌上，我们一起聊起了他走出益阳后的生活。

记者：你是怎么想着要外去发展的？出去一开始就从事画画吗？

未君：我觉得一个人的发展与成功应该和他小时候有很大影响的，我从小便酷爱绘画，并立志长大后一定要走出去。当年在家乡搞文学感觉并没有得到重视，众所周知，文学是份"苦差事"，尽管在那个年代，文学还算吃香。但相比涌入南下打工潮的人群来讲，我选择了后者。那年，我单枪匹马闯入了深圳，开始在找工作的一二个月内，我吃了不少苦头，但最后在一家台资印刷厂当业务员，后来兼任总经理助理。1996年，我在边工作边写作的同时，拿起了画笔，因为有较好的美术基础，画国画相对容易如梦，没多久便首次在《深圳商报》的美术版上发表了二幅作品，并配发了我的个人简历，这给我以后从事中国画创作增加了很大的信心和勇气。

记者：你爱绘画是从什么时候开始的？你是怎么想着要从事中国画创作的？

未君：我从小就爱好绘画，作为农村的孩子，这种天赋应该来说与生俱来。我记得很小的时候，大概在小学二年级吧，我画的画就在县里比赛获了大奖，听文化站站长说，还被贴在街道的橱窗里展示，那时虽然不可能去县城，但听了非常高兴。但真正接受正规的美术教育，应该说是在读六年级的时候，当时烂泥湖中学有个美术小组，美术教师是湖南第一师范毕业的徐罗坤老师。后来，我被吸收到美术小组，开始了素描、色彩的正规训练。我南下深圳工作后，对于从事中国画创作，当时可能处于一种爱好，那时在工作之余主要还是在搞文学创作，在画画方面还没有投入太多的精力。

记者：你说现在自已再没有从事文学创作了，文学创作对绘画创作有影响吗？

未君：我好像在2002年便正式封笔停止文学创作。在此之前，我曾在当时全国权威的文学期刊《湖南文学》《年轻人》《诗刊》《青春诗歌》《中国青年》《青年作家》《延安文学》等数十家刊物发表诗歌、散文、小说作品。尤其是我的短篇小说在《青年作家》发表后，我接连在《西江月》《东莞文艺》《珠江潮》等杂志发表了数部短篇小说。所以，益阳籍青年作家张绍民曾有句意味深长的话，他说："未君，你不搞文学，太可惜了。"从1990年开始文学创作到2002年的十几年间的业余文学创作，对我的绘画创作影响很大。为什么这么讲呢？中国画是中国的一门传统艺术，在悠久的历史长河中，中国画家不断继承传统，发扬民族文化，把中国画推向了一个又一个新的高度。中国画最讲文化底蕴，它需要厚积薄发，需要画家长期的修炼与修身。所以，中国画家的最终目的不仅仅是把画画好，更主要的是通过绘画这种手段和途径来提升自己的文化内涵，来达到修身养性的目的。中国画家拼的不是单纯的绘画技巧，而是在拼文化，拼修养、拼才情、拼胸怀。但这也正是当下许多年轻的画家所缺失的一门课程，如果你有文学去做铺垫，那么，你可能就比许多画家要走得更远些。

记者：你现在主要是从事花鸟画的创作，你的花鸟画的创作源于一种什么启示？与你家乡的来仪湖和凤凰湖的传说有关吗？

未君： 我在入读天津美术学院硕士研究生之前，我是山水、花鸟都画的。我的山水画在广东省美展上还获得过银奖。但到了天津美术学院之后，我跟了著名花鸟画家霍春阳先生，我便暂时放弃山水画了。觉得一个人的精力是有限的，我想，等在花鸟画方面有所作为之后，再进行山水画研究和创作吧。其实，花鸟画更符合我的性情，因为花鸟画最讲性情，最讲情趣，最讲温文尔雅，也最讲笔墨格调，最讲功力。我在选择花鸟画题材上，我认为与自己的家乡是有很大关系的。我从小生长在莲塘湖畔，童年的我曾在荷塘里抓鱼、嬉戏。甚至出门便闻到大片大片的荷香，这次回益阳，尽管已没有了荷花，但我第一件事便跑到莲湖去看荷，秋天的荷叶更透出一种别致的诗意。这种对家乡莲花的情结，使我在荷花的题材上表现得更为突出，也是许多书画收藏家对我的莲花题材的画特别青睐的原因之一吧。

记者：目前你定居北京发展，你是用什么方法来发展自己的美术事业的？

未君：我来北京之前，曾有一份较好的工作，在广州大学任教，并且担任了大学艺术研究所副所长等职务。我是一个喜欢挑战自我的人，自定居北京后，我先在中国艺术研究院研究生院进修了一年。这一年对我很重要，了解北京，熟悉北京，看了许多画展，认识了许多北京名人。目前，我是北京一名职业画家，因为有了一定的知名度，我相信我的艺术市场会越来越好。

记者：你又创办了一份叫《国画收藏》的杂志，你又画画又办杂志，忙得过来吗？

未君：是的，我最近创办了一份杂志。我办杂志的初衷和别人不一样，别人办杂志主要是盈利，但我主要是做一个高端的学术平台。加上我对编辑杂志的那份情有独钟和热爱，所以，我办杂志就显得比较轻松，没有太大的压力，并且不定期出版。的确，尽管这样，也要分散花费我不少精力，故最近也在招聘一两人担任我杂志的兼职编辑工作，我想把精力主要还是放在画画上。

记者：你从开始画画到今天响誉当代画坛，有哪些导师在你面前引路？或者说哪位老师对你影响很大？

未君：我在画画方面值得一提或者很庆幸的是我拥有两位一流的导师。第一位是我在天津美术学院的教授、著名画家霍春阳先生。霍先生被艺术界、理论界誉为当今花鸟画坛具有"逸品"格调的著名画家（评画有"能、妙、神、逸"四品之说，四品当中以"逸品"为最高），而且，霍先生在具有"古雅"意味的"清"当成一个主要的风格类型来树立，在筛选与"清"有关的画家中，霍先生是被誉为近百年来做得最好的第一人，就中国花鸟画的笔墨而言，霍先生应该在中国当代花鸟画坛无疑是第一人；而我的另一位导师，便是中央美术学院教授、博士生导师郭怡孮先生。郭先生的父亲郭味蕖是近代美术史上一位花鸟画大家、理论家、教育家。家学渊博的郭氏家族造就了又一位花鸟画大家，就是郭怡孮老师。就中国花鸟画的色彩而言，郭先生是在这一"赋彩"领域走得非常成功的一位花鸟画大家（我曾有文章对郭先生的"大花鸟精神"做过专门论述）。当然，在我求学的路上，还曾受教于吕云所先生、颜宝臻先生、贾广健先生、王振德先生等著名画家，以及我的绘画启蒙老师徐罗坤先生也一直与我保持亲密的联系。

记者：我不懂绘画，你是怎样用花鸟画来表现现实生活，反映人的梦想和意愿的？

未君：在这一点上，著名评论家曹玉林先生对我的花鸟画作了很好的诠释。他说：作为郭怡孮的学生，未君对郭怡孮的"大花鸟理论"心领神会，有着深刻的理解，为此，他频繁外出写生。通过大量的写生，未君逐渐形成了一种将传统花鸟画的单纯描绘花形鸟态的做法，改塑为将花鸟与大自然的真实环境融为一体的全新画风。从某种意义上说，正是由于未君在其创作的道路上坚持写生，将对大自然的真切感受和独特体验，转换为心灵的思绪，并诉诸于有意味语言和形式，所以才使得未君的作品在保持传统文化底蕴的基础上，却又有了一种令人感到新鲜的，与时俱进的现代风貌。具体来说，未君的花鸟画遥承前人的法乳，每每采用传统花鸟画托物言志的手法，通过所表现的对象来寄托自己的价值理想和精神诉求，赋予所画之物以一定的人格寓意。这种人格寓意与其作品中所体现出来的书法性原则和诗象化追求相结合，使得未君的花鸟画清新脱俗，有着丰富的精神性文化内涵，十分耐读……

记者：你参加了那么多次数的展览，杨柳青书画社又给你出版了画册，是功成名就了吧？今后还有什么打算？

未君：这些年，北京工艺美术出版社、长城出版社、杨柳青画社等出版社已为我出版个人画册多种，每年都在参加国内一些重要展览。最近，由中国文联、中国美术家协会主办的第七届全国工笔画大展上，组委会向全国特邀30位名家作为这次大展的特邀作品，我是其中特邀之一。但这点成就还算不得什么，谈功成名就还为时尚早，作为一个职业画家，除了画好画，还有很多的事情要去做。

记者：我通过与未君先生的一席之谈，知道了他真是一只从益阳飞出的一只鸟，一只为追求艺术之凰的凤鸟。没有停下翅膀，在朝更高目标奋进！

本文原刊2009年1月9日《益阳城市报》第11版